Surrendering to Bad

ÉDITION FRANÇAISE

BLOOD MONEY BILLIONAIRE
TOME SIX

BLAIR BUTLER

Surrendering to Bad

Se rendre au mal

BLOOD MONEY BILLIONAIRE, TOME 6

CHAPITRE 1
C'est elle l'araignée

IVY

Le bruit d'une portière de voiture qui claque en pleine nuit me réveille en sursaut. Je gémis, la bouche sèche et amère. Pourquoi ai-je tant bu ? Ah oui, pour me donner du courage. Beurk.

La portière s'ouvre. — Nous sommes arrivées, dit Dr Sandringham.

— Où ça ? je demande, encore désorientée.

— Là où nous logerons jusqu'à ce qu'un accord soit conclu.

Mon corps est tout engourdi par le voyage, et je meurs d'envie de boire de l'eau. Je me redresse et sors du véhicule dans l'air glacial de la nuit, qui porte une odeur inattendue... du fumier ?

— Nous sommes à la campagne, je constate, peut-être inutilement.

— Oui, répond Dr Sandringham, son expression difficile à déchiffrer dans l'obscurité.

Est-elle vraiment médecin ? je me demande. Probablement pas. Elle est sans doute autant psychiatre que Noah était un amant. Satanés agents russes. Je les déteste tous.

Les étoiles sont incroyablement brillantes. Jusqu'où dans le nord avons-nous voyagé ?

— Venez, dit-elle. Je vais vous installer.

M'installer où ? On dirait qu'elle s'apprête à me conduire dans un douillet bed-and-breakfast, mais je ne me fais aucune illusion : je suis sa prisonnière. Elle est l'araignée, et je suis la mouche.

Nous marchons sur des pavés moussus le long d'un mur ancien qui ressemble à une forteresse. Un lourd silence nous enveloppe, un silence qui murmure que nous sommes au milieu de nulle part. Je vérifie la présence du traceur sur ma poitrine et ressens un immense soulagement en le trouvant. Alistair a dû recevoir mon message programmé maintenant, et il sera bientôt en route. J'expire, me calmant.

— Nous apprécions que vous soyez venue sans faire d'histoires, dit Sandringham.

— Ce serait idiot de faire des histoires quand quelqu'un vous pointe une arme dessus, je réponds.

Je m'attendais — ou plutôt j'avais prévu — que la Bratva me récupère à Mayfair, mais je n'aurais jamais imaginé que Sandringham était dans le coup. J'étais tellement confuse quand elle a bondi de la voiture en me disant de monter. J'ai protesté, disant que j'attendais quelqu'un, mais ensuite j'ai vu la forme dans sa poche pointée vers moi, et j'ai compris. Ça n'a toujours pas de sens ; Alistair a dit qu'il avait obtenu son numéro par son ami médecin, alors qui sait jusqu'où va cette trahison ? Peu importe, je ne vais pas m'attarder là-dessus maintenant. Alex est tout ce qui compte. Mais je ne peux m'empêcher de demander.

— Comment avez-vous fait ? je demande. Comment vous êtes-vous introduite dans la vie d'Alistair comme ça ?

— La technologie, répond-elle, comme si cela expliquait tout.

Je décide de laisser tomber. Elle n'est pas la seule à utiliser la technologie ici, alors mieux vaut garder la bouche fermée.

Nous atteignons une porte dans l'immense mur, et Sandringham la déverrouille avec sa montre, faisant passer la LED rouge au vert. En entrant, mon souffle se coupe.

— Joli, n'est-ce pas ? demande-t-elle.

C'est un putain de *château*.

L'air glacial et l'architecture ancienne me poussent à demander : — Sommes-nous en... Écosse ?

Sandringham sourit. — Quelque chose comme ça. Ne vous inquiétez pas, il fait chaud à l'intérieur.

C'est drôle que, parmi toutes les choses dont je pourrais m'inquiéter dans cette situation, elle pense que le froid soit en tête de liste.

Un château. L'ego de ces patrons de la mafia ne connaît vraiment pas de limites.

— Sécurité de pointe, poursuit Sandringham. Au cas où vous penseriez à vous échapper.

— Je ne veux pas m'échapper, je réponds. Je veux voir Alex.

— Eh bien, gardez-le à l'esprit, dit-elle. Il y a de nombreuses façons de mourir ici, alors je vous suggère de ne pas les essayer.

— Comme si vous vous en souciez, je rétorque, incapable de me retenir. Comment cette femme a-t-elle pu prétendre être mon médecin ? Le médecin d'Ariana ? J'ai partagé tant d'informations personnelles sur ma relation avec Jeff — les abus, les traumatismes. Elle connaît tous mes points faibles.

Sandringham s'arrête brusquement, et je manque de lui rentrer dedans. Elle se retourne, une étincelle d'agressivité dans les yeux. — Puis-je suggérer, dit-elle, que nous gardions les choses civiles ? Cela rendra nos deux vies beaucoup plus faciles.

Je la fusille du regard. — Oui, je réponds. Faisons cela.

Elle me jette un dernier regard scrutateur avant de poursuivre. — Dans cette optique, nous avons une charmante chambre préparée pour vous.

Ah, de retour dans le rôle de l'hôtesse de bed-and-breakfast. Je vais jouer le jeu par souci de civisme — et pour ma survie.

— Elle dispose d'une magnifique salle de bain privative, d'une énorme cheminée et de votre propre réfrigérateur entièrement approvisionné.

Bien que cela semble confortable, ce dont j'ai vraiment besoin, c'est de paracétamol, d'eau et d'Alex. Néanmoins, je souris et la remercie comme la bonne petite captive que je suis, même si je soupçonne qu'un réfrigérateur bien garni soit un code pour « vous serez enfermée dans votre chambre dans un avenir prévisible ». Je m'attendais à être une prisonnière en entrant dans la fosse aux lions.

C'est déroutant quand votre ennemi se montre aimable alors que vous vous préparez à la violence et à l'intimidation. Cela me rappelle Ariana et ce qu'elle a enduré étant enfant. Pas étonnant qu'elle se soit liée avec Sebastian et Angelo.

Sandringham ne bluffait pas à propos de la haute sécurité. Elle doit déverrouiller chaque point d'accès que nous franchissons. Note pour moi-même : si je peux mettre la main sur sa montre, je pourrais m'échapper si nécessaire. Ce n'est pas le plan, mais si j'ai appris quelque chose ces deux derniers mois, c'est que les plans changent. Bien sûr, il me faudrait aussi tenir compte des gardes, dont il y en a au moins une douzaine. Ils se fondent dans leurs uniformes noirs, debout contre les murs sombres. J'essaie de mémoriser où ils se tiennent en les comptant, mais j'en rate probablement toute une escouade que je ne peux pas voir. Nous entrons enfin dans la grande salle du château, un énorme lustre noir à l'aspect sinistre pendant du plafond comme une tarentule géante sur le point de bondir. Cela me rappelle que je suis la mouche.

CHAPITRE 2

Lave

ALISTAIR

Je quitte l'hôpital dans une fureur aveugle. Macavoy voit mon expression et appuie sur l'accélérateur. Il sait qu'il vaut mieux ne pas poser de questions. Il m'a fallu un moment pour assimiler la réalité — que Mikhail a enlevé Ivy. J'ai entendu les mots de Rebecca Bradley quand elle me l'a annoncé, mais je n'ai pas réagi.

Le déni était la seule explication possible. Si j'avais vraiment absorbé ce qu'elle disait, j'aurais probablement détruit la pièce. Ce n'est qu'en quittant le bâtiment frénétique, froid et à l'odeur d'antiseptique que la pleine compréhension m'est apparue. L'adrénaline a déferlé en moi comme de la lave.

Ils avaient pris Ivy.

Mon Ivy.

Et ils allaient putain *PAYER*.

CHAPITRE 3

Cocon

Je m'attends à des tapisseries médiévales et des bougies, mais l'intérieur est majoritairement modernisé, à l'exception des murs et du sol en pierre. Nous montons un large escalier et parcourons un corridor. C'est très silencieux ; tout le monde doit dormir. Plus nous nous enfonçons dans le château, plus l'angoisse me monte le long de l'échine. J'essaie d'ignorer cette voix agaçante qui me demande : *Qu'as-tu fait ?*

J'ai envie de la chasser comme un moustique.

Je suis soulagée quand Sandringham ralentit et m'ouvre une porte. Le garde lui fait un signe de tête et me lance un regard sévère – un avertissement pour que je ne cause pas de problèmes.

Elle a raison ; c'est douillet – ou aussi douillet qu'une immense suite peut l'être. Ça sent le feu qui crépite dans la cheminée et le linge frais. C'est digne d'une reine.

Sandringham me montre où se trouvent les serviettes, le coin café et le fameux réfrigérateur. Je salive à la vue des bouteilles d'eau à l'intérieur.

— L'armoire de la salle de bain devrait contenir tout ce

dont vous avez besoin – sauf les objets tranchants, dit-elle. Pas de technologie, mais il y a des livres.

Cela semble beaucoup d'efforts pour une ennemie. — Combien de temps vous attendez-vous à ce que je reste ? je demande.

Sandringham hausse les épaules. — Ce n'est pas moi qui prends les décisions.

Elle est sur le point de partir quand un cri étouffé résonne dans le corridor. Mon cœur s'emballe. — Alex ?

Sandringham pousse un soupir, et c'est seulement à ce moment que je vois à quel point elle est épuisée. Elle a dû s'occuper du bébé.

— Est-ce que je peux le voir ? S'il vous plaît ?

Elle est sur le point de dire non. — C'est le milieu de la nuit.

— Raison de plus, je réponds. Je vais le calmer. Il peut rester avec moi.

Les pleurs d'Alex deviennent plus forts et plus frénétiques.

— Les hommes sont désemparés avec lui, me dit-elle, en portant une main à son front, imaginant probablement une autre nuit avec un bébé qui pleure. Je peux l'imaginer avec un mal de tête similaire au mien. — C'est un bébé difficile.

Je serre les lèvres. Alex n'est *pas* un bébé difficile.

Nous écoutons ses pleurs, sa détresse rebondissant sur les murs de pierre.

— S'il vous plaît, je répète. Il ne pleurera pas s'il est avec moi.

Elle regarde autour de la pièce, pesant ses options, tentée par la perspective d'une nuit tranquille. Ses yeux s'arrêtent sur la porte, qui sera verrouillée une fois qu'elle sera partie. Cela semble sceller sa décision.

— D'accord, concède-t-elle, juste pour une nuit.

Une sensation de chaleur se répand dans ma poitrine. Elle part et revient rapidement avec un sac à langer sur l'épaule et un chauffe-biberon. Un garde amène l'enfant éploré, qui ne peut même pas me voir, ses yeux étant fermement clos.

— Alex ! je m'écrie. Alex !

Toujours en pleurs, il ouvre les yeux et cligne des yeux en me regardant. Je lui souris, mais je pleure, ce qui déroute le pauvre petit. Il cligne encore des yeux quelques fois, puis la lumière s'allume dans son regard. Il me reconnaît. Immédiatement, il se débat pour s'éloigner du garde, les bras tendus.

— Milla ! dit-il.

Mon cœur. Il se souvient de Brumilde. Il sait qu'il est en sécurité avec moi. Je tends les bras, et il se lance presque hors de l'emprise du garde pour m'atteindre. Je l'attrape et le serre contre moi, et il fond dans mes bras comme un soupir de soulagement. Je sanglote et le serre fort, submergée. Est-ce que cela arrive vraiment ? Est-ce que je rêve ? Je suis dans un château, et Alex est en sécurité dans mes bras.

Sandringham semble particulièrement irritée lorsqu'il arrête de pleurer, prenant peut-être cela comme une critique de ses compétences en matière de garde d'enfants. Cela ne dure pas longtemps. — Bonne chance, dit-elle avant de quitter la pièce, verrouillant la porte derrière elle.

— Alex, je répète, n'arrivant pas à croire que c'est réel. Je veux voir son précieux visage à nouveau, mais il est pratiquement collé à ma poitrine, un bébé singe s'accrochant comme si sa vie en dépendait. J'embrasse sa tête parfaite et le berce un moment, attendant que ses hoquets s'arrêtent. Le chauffe-biberon émet un bip, alors je prends le biberon de lait et l'emmène au lit, m'allongeant au milieu avec lui toujours accroché à moi. Je lui propose du lait, mais il n'est intéressé que par l'idée d'enfouir son visage humide dans mon cou comme s'il ne me lâcherait jamais.

— Oh, Alex, je murmure en lui caressant le dos. C'était tellement difficile sans toi. Tu nous as tant manqué. Je n'arrive pas à croire que je t'ai retrouvé. J'espère que ma voix familière l'apaise. Je lui dis combien Brumilde et Alistair lui ont manqué et qu'il reverra bientôt sa famille. Je lui explique combien il a été difficile de le retrouver, mais maintenant que nous l'avons fait, tout ira mieux. Bientôt, sa respiration redevient normale, puis j'entends son léger ronflement. Je ne veux pas bouger. Je suis si soulagée et reconnaissante d'avoir Alex dans mes bras. Je respire le parfum hypnotique de son cuir chevelu à la peau douce et j'essaie de détendre mes muscles tendus. Nous restons dans ce doux cocon ensemble.

CHAPITRE 4
Déchaînement

ALISTAIR

Ma fureur ne connaît pas de limites. Je me déchaîne à travers la maison, donnant un coup de pied dans la porte d'entrée et renversant la table de réception. Le craquement satisfaisant du bois ancien ne freine pas mon déchaînement. Je me dirige vers la cuisine, prêt à tout détruire sur mon passage : les portes-fenêtres pliantes à double vitrage, le meuble contenant le cristal familial, le guéridon hérité. Je vais briser tout ce que je peux toucher parce que cette rage aveuglante doit être canalisée, sinon je vais devenir fou.

Au moment d'atteindre la cuisine, manches retroussées et prêt à tout démolir, je m'arrête net en voyant Brumilde qui s'y tient, l'air désespérée, les yeux grands ouverts et humides.

— Alistair ! s'écrie-t-elle. Est-ce vrai ? Ivy a été *abattue* ?

Elle tremble de façon incontrôlable, le teint pâle. Son état terrifié aspire ma colère, la transformant en empathie pour cette femme qui a été présente pour moi chaque jour de ma vie. Mes muscles tressaillent puis se détendent ; ma mâchoire se relâche.

Ma voix est tendue et rauque. — Ivy n'a pas été abattue.

— Oh ! Dieu merci ! s'exclame-t-elle, les mains volant vers son cœur. Elle s'effondre de soulagement, et je m'avance à grands pas pour la serrer dans mes bras.

— Ivy n'a pas été abattue, je répète, mais elle est en danger. Ils l'ont prise. Les Kuznetsov.

Brumilde recule pour me regarder, son expression passant du soulagement à l'inquiétude. — Quoi ? Comment ?

Je me masse la nuque, essayant de soulager la tension qui me raidit comme un câble d'acier. — Je n'ai pas encore tout compris.

Un bruit à la porte arrière nous interrompt, et Henderson entre, attendant que je parle, son froncement de sourcils indiquant qu'il s'attend au pire.

Je soupire. — Ce n'était pas Ivy.

Il cligne des yeux, confus. Le représentant de l'hôpital avait clairement indiqué qu'Ivy était dans un état critique.

— Elle portait la veste d'Ivy... l'identité d'Ivy.

Les yeux d'Henderson s'écarquillent. — Alors... le cadavre ?

Je secoue la tête. — Brovic. « Noah ». Rebecca a réussi à se défendre.

— Wow, dit-il en secouant la tête. Je ne l'avais pas vu venir.

— Moi non plus, je réponds. Rebecca a vu Ivy se faire enlever.

Henderson pousse un soupir et passe une main dans ses cheveux. — Bon sang.

— Je ne comprends pas comment c'est arrivé, dit Brumilde. Que faisait-elle là-bas ? Comment savaient-ils où la trouver ?

— Ivy était dans un sale état après avoir perdu Rebecca. Rebecca a pratiquement mis fin à leur amitié, et Ivy... n'a pas pu le supporter. Pas après avoir perdu Alex. Alors, je suppose qu'elle a appelé Dr Sandringham à l'aide.

— La psychiatre ? demande Brumilde.

— L'agente russe qui se fait passer pour une psychiatre.

Sa bouche s'ouvre grand. — *Quoi ?*

— Ça a du sens maintenant, non ? réfléchit Henderson. Que Sandringham ait insisté pour qu'Ariana soit envoyée dans ce centre de déprogrammation. Elle savait que Sebastian ne pourrait pas franchir la sécurité du manoir, mais la clinique était une cible facile.

Brumilde hoche la tête. — Logique. Pauvre fille.

Je ne vois plus ma sœur comme une « pauvre fille » parce qu'elle est sacrément combative. Elle a traversé beaucoup d'épreuves, mais je crois qu'elle va devenir un atout précieux pour la famille.

— As-tu prévenu la famille ? demande Henderson.

— Brodie s'en est chargé. Ils sont en panique.

— Je partage ce sentiment, dit Brumilde. Je vais faire du thé.

— Voilà ce flegme britannique, je la taquine. Ma colère intense s'est évaporée, pour l'instant. Le soutien d'Henderson et de Brumilde me stabilise, et je ne sens plus que j'ai perdu pied. Nous formons une équipe, et nous allons résoudre ce problème. Nous récupérerons Ivy et Alex, et nous anéantirons les Kuznetsov.

Il nous faut juste un plan.

CHAPITRE 5

Payer le Double

IVY

Je me réveille en sursaut, pensant qu'Alex a besoin de moi, mais il dort encore profondément. La chambre est sombre ; j'ai dû m'assoupir pendant que nous nous câlinions. Mon cœur bat la chamade à l'idée que je suis en territoire ennemi, malgré le confort que m'a procuré les retrouvailles avec Alex. J'allume la lampe de chevet et avale un peu d'eau.

Tout va bien, je me dis, essayant de calmer la panique qui a fait fourmiller mes doigts. *Tout va bien. Alistair nous trouvera.*

Je m'éloigne doucement du bébé, ne voulant pas perturber son sommeil. Pauvre petit bout. Il a probablement pleuré pendant des jours. J'ajoute une autre bûche au feu et la remue un peu, espérant que les braises fourniront assez de chaleur pour l'enflammer.

J'entends quelque chose dehors. *Quelqu'un.* C'est sûrement ce qui m'a réveillée. Probablement la relève de la garde. Je remplis la bouilloire et la mets en marche, espérant pouvoir boire du thé. Il est probablement environ deux heures du matin, mais j'ai perdu toute notion du temps. Le jour et l'heure n'ont plus d'importance – seule la survie compte.

Le verrou glisse et la poignée de ma porte tourne, me faisant sursauter de nouveau. Qui pourrait entrer à cette heure ? J'ai un bref fantasme que c'est Alistair, qu'il a assommé le garde pour nous sauver, Alex et moi, de la fosse aux lions. Henderson est avec lui, et Macavoy fait tourner le moteur de la voiture de fuite dehors.

Mais l'homme qui ouvre la porte n'est pas Alistair.

— *Shlyukha*, ricane-t-il.

Je ne sais pas ce que ce mot signifie, mais c'est clairement une insulte. Je serre les poings.

Au début, je pense que c'est un garde, mais ensuite je remarque sa coupe de cheveux et ses vêtements – trop coûteux pour un simple employé.

— Kuznetsov ? dis-je. Ça doit être le fils de Mikhail – celui que nous n'avons pas réussi à assassiner.

Pourquoi est-il ici ? Je m'apprête à prendre Alex, mais il me bloque le passage. Il est grand et solide, comme Alistair, et couvert de tatouages de la Bratva. Il est beau, mais ses yeux rayonnent de malveillance. Je recule d'un pas, ne voulant pas être si proche. J'ai peur.

— Que voulez-vous ? demandé-je, détestant que ma voix soit si petite et tremblante.

— Je veux savoir pourquoi vous êtes ici.

— Vous savez pourquoi je suis ici, répondé-je. Vous avez envoyé Sandringham me chercher.

Ses lèvres se tordent en un sourire cruel. — Vraiment.

— J'étais dans un restaurant, m'occupant de mes affaires, et vous avez envoyé votre agent me récupérer. Que vous faut-il de plus ?

— Hmm, grogne-t-il, amusé. Voyez-vous, je pense que vous avez planifié tout cela.

— *Planifié* ? m'exclamé-je. Planifié d'être kidnappée par des tueurs de sang-froid ?

Ses yeux durcissent. — Ma sœur est morte, et vous nous traitez de *tueurs* ?

Ta sœur était une psychopathe, pensé-je, décidant de ne pas le dire à haute voix. Ce n'était pas une conversation nouvelle.

— Pourquoi voudrais-je être près de vous ?

— C'est ce que je suis venu découvrir.

— Bonne chance avec ça, répliqué-je. C'est une quête futile.

Il sourit à nouveau, et je ressens une haine ardente pour lui et sa famille meurtrière. Je déteste la façon dont il remplit la pièce et trouve tout cela si amusant. C'est la brute de la cour de récréation, et je suis la faible sur le point de recevoir du sable dans les yeux.

— Savez-vous ce que je pense ? demande-t-il.

— Je me fiche de ce que vous pensez.

Il s'approche de moi, et je sens la sueur et le café éventé sous son après-rasage coûteux. — Je pense que votre proxénète vous a envoyée ici.

Je ricane. — Mon *proxénète* ?

— Oui, répond-il. Ne pensez-vous pas que je sais ce que vous êtes ?

— Je vous en prie, dis-je. Éclairez-moi.

— Les putains n'ont pas besoin qu'on leur dise qu'elles sont des putains. L'évidence est claire. Vous baisez Alistair Ravenscroft pour son argent.

Je me redresse face à lui. — Je baise Alistair Ravenscroft pour bien des raisons.

Nous maintenons le contact visuel un instant, puis ses mains se dirigent vers sa ceinture. — Peu importe ce que Ravenscroft vous paie, je paierai le double.

CHAPITRE 6
Reacher

ALISTAIR

Nos trois téléphones vibrent simultanément. Pensant qu'il s'agit d'un message de la famille Ravenscroft, je suis déconcerté en voyant un texto d'Ivy sur mon écran. Le personnel hospitalier m'avait remis le téléphone d'Ivy — celui qu'elle avait laissé dans la poche de sa veste — et il se trouve actuellement sur le buffet de la cuisine.

Brumilde et Henderson affichent des expressions perplexes qui reflètent la mienne.

— Piratés ? s'interroge Henderson à haute voix.

— « Apple de Reacher », lit Brumilde. Qu'est-ce que ça veut dire ?

Henderson me regarde. — Un code pour quelque chose, monsieur ?

Je secoue la tête, fouillant dans ma mémoire. — Je ne sais pas... Je n'ai jamais...

Je me lève et siffle pour appeler Reacher, qui trotte joyeusement dans la cuisine. Bijou galope derrière lui, ses oreilles dressées comme des antennes à l'affût de friandises. Je caresse Reacher et cherche l'AirTag sur son collier.

— Il a disparu, dis-je lentement tandis que mes pensées commencent à s'assembler. Le traceur. Ivy l'a pris.

— Attendez, fronce les sourcils Henderson. Elle *voulait* être enlevée ?

— On dirait bien, réponds-je.

Brumilde me regarde fixement, puis murmure : — Ivy est partie chercher Alex.

Cela change tout.

Je me réveille de la triste et colérique torpeur dans laquelle j'étais plongé, mes pensées soudain claires et urgentes. Je compose rapidement le numéro de Brodie pendant qu'Henderson organise la mise en attente de l'hélicoptère et de l'avion.

Brodie met un moment à réagir, puis je me rends compte que je l'ai réveillé, puisqu'il est près de trois heures du matin.

— L'... AirTag ? demande-t-il. Comme pour... les bagages perdus ?

— Je viens de t'envoyer la position actuelle, dis-je en jetant un coup d'œil à Henderson. Nous y allons maintenant.

Henderson hoche la tête. — L'hélicoptère sera plus rapide, même avec un ravitaillement.

— Nous avons besoin d'une équipe, dis-je. Nous allons intervenir avec force et détermination. Je ne vais pas laisser cela au hasard.

Henderson acquiesce. — Je vais arranger ça tout de suite. Ils peuvent prendre le jet.

— Carse of Gowrie, dis-je en pointant la carte. Il y a un château.

— Nous devrons atterrir à bonne distance pour éviter de les alerter, dit Henderson. Je vais faire en sorte qu'un véhicule nous attende.

Brodie est soit en train de regarder une carte, soit il possède une connaissance impressionnante de la côte est de l'Écosse. — Un endroit près de Kingoodie ou Longforgan, dit-il.

C'est à environ huit kilomètres de l'emplacement, et il y a plein de champs plats où choisir.

— Il fallait bien que Kuznetsov détourne un putain de château écossais.

— Vous ne pouvez pas y aller en tirant dans tous les sens, met en garde Brumilde. Si Alex s'y trouve.

Je la regarde avec une certitude que je ne ressens pas. — Il n'arrivera rien à Alex.

CHAPITRE 7
Un lieu pour la violence

IVY

Le regard de Dmitri est fixé sur moi tandis qu'il enlève sa ceinture. La panique me frappe au ventre, et je me sens à la fois brûlante et glacée.

— Ne soyez pas ridicule, dis-je d'une voix rauque.

Il soutient mon regard avec des yeux si sombres qu'ils semblent presque noirs. — J'ai vu des photos de vous.

La confusion m'envahit, mais je comprends rapidement qu'il a surveillé les caméras — la Bratva nous suit à la trace. Un frisson me parcourt l'échine, et je recule pour échapper à sa présence menaçante.

— Sortez, dis-je. J'ai envie d'effacer ce sourire narquois de son visage.

Il s'approche, ceinture en main, une menace évidente. — Vous oubliez où vous êtes.

— Je n'ai pas oublié, réponds-je en relevant fièrement le menton.

— Ah, dit-il avec une pointe d'approbation. C'est bien. J'aime qu'on me résiste un peu.

Ma mâchoire me fait mal comme s'il m'avait déjà frappée, la

tension la maintenant fermée. Chaque muscle de mon corps est tendu. Je suis prête à me battre, mais je me sens comme un fétu de paille à côté de sa silhouette grande et puissante.

Je n'ai jamais pu tenir tête à Jeff. Je savais que je n'avais aucune chance contre sa combinaison mortelle de force et de fureur.

Mais regarde comment il a fini, la voix de Becks résonne dans mon esprit. *Tu as gagné ce combat, et tu gagneras celui-ci aussi.*

Je prends une profonde inspiration, bien que je ne voie pas comment c'est possible.

Il tend la main vers ma joue, et je tressaille, reculant, mais il est presque sur moi. Je jette un regard inquiet vers Alex sur le lit, qui dort encore profondément.

— Je vais crier, murmuré-je.

— J'espère bien, répond-il, en tendant à nouveau la main. Je recule contre le mur de pierre froide, le cœur battant.

— Alistair vous tuera, dis-je.

Dmitri rit sèchement. — L'arrogance des Ravenscroft ne connaît pas de limites, n'est-ce pas ? Non, *lyubimyy*, Alistair mourra comme tous les autres hommes que j'ai affrontés, et je prendrai ce qui lui appartient.

— Et pourtant vous parlez de l'arrogance des Ravenscroft.

— Nous avons fait de grands progrès pour nous assurer la fortune des Ravenscroft, dit-il. Il est donc logique que vous restiez avec nous désormais.

— Que *quoi* ?

— L'argent. Il sera bientôt à nous. C'est ce que vous vouliez depuis le début, non ? Nous prendrons soin de vous.

— Je ne suis qu'une partie du butin, alors ? Quelque chose à voler ?

— Cela rend la transaction plus douce. Prendre l'argent d'Alistair est une chose, mais vous...

Il s'approche encore, sa main se dirigeant vers mon

visage. — Je vous arracherai ce doigt d'un coup de dents si vous me touchez encore.

Ses yeux noirs étincellent. — Voilà cet esprit. C'est très... attirant.

— Vous aimez quand les femmes vous menacent ? demandé-je.

— J'aime quand les femmes ont leur propre caractère. Ensuite, je peux les briser, comme on doit le faire avec un cheval.

C'est à mon tour de rire. — Vous pensez pouvoir me briser ?

— Vous ne serez ni la première, ni la dernière.

Je peux imaginer la file de cadavres féminins que cet homme a laissés dans son sillage — les abus, les agressions et la violence qu'il a infligés aux malheureuses femmes de sa vie — tout comme son père, qui n'avait aucun scrupule à battre et tuer sa maîtresse et la mère de son enfant.

J'aimerais avoir l'arme que j'ai utilisée dans la chapelle de Manchester. Je pensais qu'ôter la vie de Sebastian m'avait détruite — avait brisé l'essence de ce que je croyais être — mais maintenant mon doigt me démange sur une gâchette imaginaire. Comme j'aimerais loger une balle dans le cœur de cet homme malfaisant. Combien de vies pourrais-je sauver en mettant fin à la sienne ? Ce serait la chose à faire, et je serais la femme qu'il faut pour le faire.

Je suis méconnaissable par rapport à la personne que j'étais il y a une semaine, et j'en suis fière. Je suis fatiguée des hommes qui croient pouvoir faire du mal aux autres sans conséquence. J'ai été terrorisée par Jeff pendant des années, incapable de lui tenir tête, mais les choses sont différentes maintenant. J'ai appris qu'il existe, en effet, un lieu pour la violence.

CHAPITRE 8

Lames

ALISTAIR

Henderson organise l'hélicoptère. Je n'arrive pas à tenir en place, sachant qu'Ivy est là-bas et que nous pouvons enfin la rejoindre. Elle aura Alex avec elle, j'en suis certain. Ma famille m'attend pour que je les ramène. Ma fiancée, aussi brillante que téméraire, a retrouvé notre bébé, Alex. Je devrais être en colère contre elle pour avoir mis sa vie en danger, pour avoir été si imprudente, mais elle a réussi ce que personne d'autre n'a pu faire, et je lui en serai éternellement reconnaissant. Bien sûr, j'ai aussi envie de l'enfermer et de ne plus jamais la laisser s'éloigner de moi, mais je devrai gérer ça plus tard.

Les pales tranchent l'obscurité, sifflant et grondant dans le ciel nocturne. Nous ferons le plein bientôt, et ensuite, ce sera l'heure de l'action. Les renforts devraient arriver quelques heures après nous, mais pour l'instant, il n'y a que Henderson, Lucky et moi.

Les étoiles sont visibles ce soir. Mon pistolet vibre presque, prêt à prendre autant de vies que nécessaire. Je n'ai jamais recherché la violence pour elle-même, mais cette fois, c'est différent. Je pourrais même prendre plaisir à tuer Kuznetsov et toute sa sinistre bande.

— Position verrouillée, dit Henderson après avoir jeté un coup d'œil à son téléphone. Nous les avons localisés.

Mon cœur s'emballe. Ce n'est plus qu'une question de temps.

J'arrive, Ivy. Et après, je ne te laisserai plus jamais partir.

CHAPITRE 9
Quelque chose de plus sombre

IVY

Je souris à l'intrus — un éclair rapide pour le déconcerter — avant de lui enfoncer mon genou dans les testicules de toutes mes forces. Il gémit et se penche en avant tandis que je m'écarte, mais avant que je puisse m'échapper, il attrape mon poignet avec une telle force que je gémis de douleur.

— *Suka !* crache-t-il.

J'essaie d'arracher mon bras, mais il ne fait que resserrer sa prise — si fort que je crois qu'il va se briser. Je retiens mon cri, ne voulant pas lui donner cette satisfaction. Je tente de le frapper avec mon bras libre, mais il l'attrape aussi.

Nous nous fixons, les dents serrées. Je peux voir sa colère, mais plus que tout, il est excité. Cela l'alimente. J'avale l'acide qui remonte dans ma gorge pour l'empêcher de déborder. Il me repousse contre le mur à nouveau, immobilisant mes avant-bras au-dessus de ma tête d'une main, tandis que l'autre parcourt mon corps alors qu'il me dévisage.

— La première fois que je t'ai vue, j'ai su que je devais t'avoir, murmure-t-il.

Je plisse les yeux, souhaitant encore une fois avoir l'arme et me demandant s'il en a une. Je scrute la pièce à la recherche d'une arme : une lampe, un vase, un tisonnier.

Sa main repose sur ma cage thoracique, observant mon visage, savourant ma peur à tel point que sa respiration s'approfondit. Il se délecte du pouvoir que cela lui procure. Je déteste qu'il puisse me toucher sans permission. Ma peau est sans défense contre sa paume qui s'enfonce avec force dans mon os iliaque. Quand elle descend plus bas, je me bats. Je balance mon corps de gauche à droite, essayant de me libérer de sa prise sur mes poignets. Il grogne, fournissant un effort mêlé de plaisir pour me maintenir immobile, serrant si fort que je crains qu'un os ne se brise si je résiste davantage. Nous faisons une pause, tous deux respirant lourdement, nous fixant avec un mépris absolu. Le petit Alex soupire dans son sommeil et se tourne sur le côté, nous tournant le dos. Petites grâces.

— Tu peux me combattre, dit Dmitri. Mais tu ne peux pas gagner.

Je ne réponds pas.

— J'obtiens toujours ce que je veux, dit-il, retirant sa main de ma hanche pour caresser ma mâchoire. Et je t'ai voulue depuis le début. J'ai eu le temps de réfléchir à ce que je te ferais quand le moment viendrait.

Mon instinct me pousse à lui mordre le doigt, mais je sais que ça finirait mal. Je dois naviguer dans ce délicat équilibre entre me protéger et ne pas provoquer l'ours.

— Cela ne finira pas bien pour vous, lui dis-je.

Il ricane. — Tu penses que ton riche Anglais va te sauver ?

— Je sais qu'il le fera, je réponds. Dommage que vous ne serez plus là pour le voir.

Avec toute la force que je possède, je lui donne un nouveau coup de genou dans l'entrejambe. Il me relâche instinctivement. Je cours vers la porte et frappe aussi fort que possible.

— À l'aide ! je crie. À l'aide !

Les gardes vont sûrement intervenir ? Mais quand personne ne répond, je réalise que cela fait partie du plan. Une terreur glaciale me traverse. Quelle meilleure façon d'affaiblir son ennemi que d'abuser de sa femme ? Le visage furieux de Kuznetsov apparaît devant le mien, la veine frontale palpitante. Je pense qu'il va me frapper, mais il ne le fait pas. Peut-être ne veut-il pas abîmer mon visage avant d'exécuter l'épreuve qu'il a prévu ; ne veut pas goûter mon sang. Je recule contre la porte solide.

— J'aime un peu de résistance, dit-il. Mais pas trop. Essaie de ne pas réveiller le bébé.

Il déchire ma chemise. J'essaie de me couvrir, mais sa faim s'intensifie lorsqu'il voit mon soutien-gorge. Il écarte mes bras, ses yeux sauvages parcourant la dentelle, et il grogne encore. Mais alors que je fixe ses yeux, je vois son désir se transformer en quelque chose de plus sombre.

Oh, mon Dieu. Il l'a vu.

— C'est quoi ce bordel ? grogne-t-il.

C'est trop tard. Son visage se tord alors qu'il comprend ce que cela signifie.

— Petite *garce*, grogne-t-il, éraflant ma peau alors qu'il arrache l'AirTag de mon soutien-gorge, déchirant le fil que j'avais utilisé pour le coudre entre les bonnets.

— Petite salope !

Alex se réveille en sursaut et commence à pleurer.

L'expression de Dmitri oscille entre choc et fureur, puis il jette le traceur dans le feu.

Non !

Je plonge pour l'attraper, m'arrêtant à peine de le saisir. Il brûle déjà.

Non, non, non. Alistair avait-il reçu le message à temps pour nous localiser ? Même si c'était le cas, cela n'aura plus d'importance puisque nous allons changer d'emplacement maintenant.

Dmitri a déjà son téléphone à la main, aboyant en russe, et puis nous sommes emmenés hors de la pièce.

— Nous terminerons cela plus tard, dit-il, jetant un regard à ma chemise déchirée. J'attrape Alex qui hurle et le sac à langer, mes poignets me faisant souffrir suite à l'agression.

CHAPITRE 10
Mort

ALISTAIR

Je serai bientôt avec toi, Ivy, je pense. *Tiens bon.*

Mon téléphone vibre ; c'est Brodie qui appelle.

— Le traceur est mort, dit-il.

— Quoi ? je demande, peinant à entendre par-dessus le bruit de l'hélicoptère.

— L'AirTag. On ne le voit plus.

— Merde ! je réponds.

Ne panique pas, je me dis. Ne panique surtout pas.

— Mais on sait où ils sont, je dis. On est vraiment proches.

Brodie prend une inspiration. — S'ils l'ont trouvé et détruit, ils vont changer d'endroit.

— Pas si on arrive là-bas en premier.

CHAPITRE 11

Taches de larmes

IVY

Les gardes font sortir tout le monde du château et nous conduisent vers les SUV noirs qui attendent. Je jette un coup d'œil au Dr Sandringham, et elle me fusille du regard. Je l'ai rendue complice en révélant notre position, et elle n'est pas contente. Personne ne fait de geste pour m'enlever Alex ; je le tiens fermement contre moi. Il ne pleure plus, mais il reste perturbé et anxieux avec tous ces hommes en uniforme qui crient des ordres autour de nous. Je lui caresse le dos et embrasse ses joues mouillées de larmes.

— Tout va bien se passer, je murmure dans ses cheveux qui sentent bon. Alistair nous retrouvera.

Je réprime ma panique grandissante. Comment nous trouvera-t-il si la balise a été détruite ? Ai-je risqué ma vie pour rien ? Les SUV démarrent un par un, leurs phares tranchant l'obscurité du crépuscule.

Alex se blottit contre moi, et je sens son corps se détendre. Malgré notre situation, c'est tellement bon de l'avoir à nouveau dans mes bras. Ça semble si juste. J'aimerais que nous puissions simplement rester sur la banquette arrière de cette voiture, en sécurité et blottis l'un contre l'autre, jusqu'à ce qu'il soit temps de rentrer à la maison. Nous sortons tous les deux de notre transe paisible lorsque la portière de la voiture s'ouvre brusquement. C'est Sandringham.

Mon anxiété me noue l'estomac. Je vois qu'elle est furieuse, et je sais que les conséquences de mes actes seront terribles.

— Vous auriez fait la même chose, je murmure.

Elle plisse les yeux vers moi, puis regarde par la fenêtre.

— Nous étions tellement désespérés de récupérer Alex, je dis. Vous auriez fait la même chose.

Je ne peux pas m'empêcher de me répéter. J'ai besoin qu'elle reconnaisse que ce que j'ai fait n'était pas mal. Je ne sais pas pourquoi son opinion m'importe — je suppose que c'est parce que nous avions une relation proche quand elle était ma thérapeute. Elle m'a aidée à surmonter beaucoup de trauma-tismes. J'ai encore du mal à croire qu'elle est du côté de l'ennemi.

— Je n'arrive toujours pas à croire que vous travaillez pour lui, je dis. Honnêtement, je ne l'avais pas vu venir.

Le Dr Sandringham soupire. — Moi non plus.

Je la regarde deux fois. — Quoi ?

— Ivy. Que croyez-vous qu'il s'est passé exactement ?

— Que voulez-vous dire ?

— Pensez-vous que j'ai des liens profonds avec la Russie ? Que je travaille volontairement pour Kuznetsov ? Sérieusement.

— Je ne sais pas, je réponds. J'ai été complètement choquée quand je vous ai vue venir me chercher. Vous m'avez bien trompée quand je croyais que vous étiez ma thérapeute. C'est difficile de croire que tout n'était qu'un acte. Êtes-vous même vraiment médecin ?

— Ce n'était pas un acte, dit-elle. Je tenais à vous. Je tiens à vous, à Alistair et au reste de la famille Ravenscroft.

— Drôle de façon de le montrer, je rétorque. Nous vendre à la putain de mafia russe.

— Je n'avais pas le choix, murmure-t-elle. Vous ne comprendrez pas maintenant, mais vous comprendrez avec le temps.

— Pourquoi ? Qu'est-ce qu'ils ont contre vous ?

Ses yeux brillent. — Ce n'est pas ce qu'ils ont contre moi ; c'est qui ils retiennent parmi les miens.

Ma bouche s'ouvre en grand, mais avant que je puisse poser une autre question, Dmitri s'installe au volant et démarre le moteur. Je sens mon courage s'évanouir. Il ne perd pas de temps à appuyer sur l'accélérateur, et avant que nous ne nous en rendions compte, nous nous éloignons à toute vitesse du château.

CHAPITRE 12
Trop Tard

ALISTAIR

Nous filons à toute vitesse vers la dernière position connue d'Ivy — un château sur la côte est de l'Écosse. L'atterrissage de l'hélicoptère est un peu chaotique, mais sans dommage. Naviguer sur les routes sinueuses de la campagne est à la fois frustrant et exaltant.

Je dois rejoindre Ivy avant qu'ils ne la déplacent.

Les mains moites sur le volant et le cœur battant la chamade, nous arrivons enfin au point indiqué et accélérons dans l'allée généreuse bordée d'arbres. Le château se dresse, imposant dans le lever de soleil aux teintes roses et orangées, trop beau pour être le quartier général de l'ennemi. Je freine brusquement et descends. Comme je le craignais, il n'y a ni lumières allumées ni véhicules garés sur l'allée de gravier.

Putain. Putain. Putain.

— Trop tard, je marmonne, luttant contre l'envie de tomber à genoux. Qu'est-ce qu'ils vont faire à Ivy maintenant ?

Henderson est à mes côtés. — Il y a encore de l'espoir, m'assure-t-il.

Je ferme les yeux et secoue la tête.

— Tu as entendu ça ? demande Lucky.

Je fronce les sourcils et tends l'oreille. Tout ce que j'entends, c'est le chant matinal des oiseaux.

— Là, dit Lucky en faisant un geste vers l'aile ouest du château.

Henderson décroche son arme.

C'est alors que je l'entends. Le cri d'une femme appelant à l'aide.

— C'est vraiment une mauvaise idée d'entrer là-dedans, avertit Henderson.

— On dirait qu'on n'a pas le choix, répond Lucky.

Nous nous faisons un signe de tête et approchons du château, armes au poing. Nous traversons en courant le jardin soigneusement entretenu et entrons par l'immense porte d'entrée, suivant les cris. Ça ne ressemble pas à Ivy, mais j'espère désespérément que c'est elle.

— À l'aide ! continue d'appeler la voix. Nous sommes proches maintenant. Nous nous précipitons dans le couloir de pierre, prenons quelques virages et trouvons la porte. Les appels à l'aide deviennent plus forts.

— C'est verrouillé, dit Lucky, qui l'atteint en premier.

Mon téléphone sonne. Je décroche. — Brodie ?

Lucky commence à cogner son épaule contre la porte, essayant de forcer la serrure.

— N'entrez pas dans le château, halète Brodie. Il semble plus essoufflé que moi.

— Lucky. Arrête ! je crie, mais il ne m'entend pas avec le bruit qu'il fait, sans parler des cris désespérés.

— Monsieur. S'il vous plaît, insiste Brodie. N'entrez pas dans le château. Est-ce que vous m'entendez ? Veuillez confirmer.

J'atteins Lucky et lui saisis l'épaule pour attirer son attention, et c'est à ce moment que mon monde explose.

CHAPITRE 13

Sur le fil du rasoir

IVY

Nous roulons en silence. Dmitri conduit le véhicule comme s'il s'agissait d'un prolongement de son corps, avec fluidité et assurance. Je suis soulagée quand Alex se réveille ; jouer et discuter avec lui atténue la tension palpable à l'intérieur de la voiture. Alex semble remarquablement bien adapté malgré ce qu'il a vécu, et notre lien reste fort.

— Où allons-nous ? je finis par demander.

Dmitri grogne en guise de réponse.

Sandringham me jette un coup d'œil, puis secoue la tête et détourne le regard. Je ne m'attendais pas à une réponse. J'essaie de ne pas penser à Alistair, car quand je le fais, la peur menace de m'étouffer. L'idée qu'il arrive à ce château pour le trouver vide, avec nos traces de pneus fraîches dans la boue, provoque en moi une vague d'anxiété.

— Tout va bien se passer, je murmure à Alex, mais surtout à moi-même. Tout va bien se passer.

Bien qu'il ait dormi, les paupières d'Alex sont lourdes ; le mouvement de la voiture doit le bercer. Je le positionne pour qu'il puisse se détendre contre moi, sa joue chaude appuyée contre mon bras. Je voulais l'apaiser, mais c'est lui qui me calme. Parfois, c'est comme ça que fonctionne la famille.

CHAPITRE 14
La Pierre Tombale d'un Homme de Bien

ALISTAIR

Je reprends connaissance, en sang et suffocant. Ma vision vibre, mes oreilles saignent. J'ai dû me cogner la tête contre le sol dallé car mon crâne me fait l'effet d'avoir été fracassé à coups de marteau. L'air est un brouillard de fumée et de poussière, imprégné de l'odeur âcre de bois brûlé et d'une senteur plus mordante, comme de la cordite, qui emplit ce trou humide de pierre où nous sommes piégés.

Je parviens à m'asseoir et tente de faire entrer de l'oxygène dans mes poumons hurlants, mais ce n'est que fumée et poussière tourbillonnant dans la faible lumière grise qui filtre par une étroite fente dans le mur, ce qui ne fait qu'aggraver ma toux. Je ne vois pas grand-chose. Je n'entends rien. Qu'est-ce qui vient de se passer, bordel ?

C'était la porte. La femme qui demandait de l'aide. Encore un piège dans lequel nous avons foncé tête baissée.

Mais elle est là. Elle est réelle. Elle pleure et secoue la tête. Ce n'était pas son piège. En clignant des yeux, les larmes coulant, j'aperçois enfin Henderson penché sur quelqu'un. Oh, mon Dieu.

Henderson, agissant rapidement mais sans paniquer, commence un massage cardiaque. Le sol est glissant d'humidité, ses pierres inégales projetant des ombres qui vacillent comme des fantômes dans ce caveau délabré. J'essuie mes yeux. Qui aide-t-il ? Puis je vois la basket noire de Lucky.

Le corps sur lequel Henderson s'affaire n'a qu'une chaussure. Je m'étouffe de stupeur. Des éclats et du métal tordu jonchent le sol, vestiges d'une porte réduite en morceaux, les murs balafrés et menaçants, trop solides pour se soucier de notre désastre. Je ne vois le sang qu'en commençant à ramper ; un liquide sombre sur la pierre noire. L'air est lourd et humide, comme si le château nous respirait dans la nuque, son plafond bas nous oppressant à chaque toux.

Henderson continue de gonfler les poumons de Lucky et de marteler sa poitrine pendant que je cherche la source du saignement. Clignant des yeux, toussant, tout est flou. Le sang de Lucky forme une flaque sous ses cuisses – et là je vois pourquoi il perd tant de sang, si vite. Un morceau dentelé de fer noir rouillé, provenant de la porte, a transpercé son artère fémorale comme une lance. Je chancelle sur mes genoux et manque de basculer. Tellement étourdi.

Henderson s'acharne encore à le ranimer, mais le saignement de Lucky ralentit jusqu'à s'arrêter.

— Henderson, dis-je, mais je ne m'entends pas. Henderson !

Henderson continue, son genou glissant dans le sang, ses mains peintes en rouge. La fumée s'épaissit maintenant, piquant mes yeux, comme si cet endroit voulait nous voir aveugles et brisés.

Je saisis son épaule, et il secoue la tête, les lèvres tombantes. Il me dit quelque chose, mais je ne l'entends pas. Ses yeux sont injectés de sang, cernés de cendres de l'explosion, mais nous sommes trop sous le choc pour pleurer.

La femme s'approche lentement. Elle est bouleversée. Elle fait des gestes, exprimant ses condoléances et sa gratitude. Sa voix est avalée par la pénombre du corridor, où d'autres portes attendent comme des pièges prêts à se refermer. Progressivement, mon ouïe revient. Henderson parle de Lucky.

—... quatre ans qu'il travaillait avec nous, dit-il. Il subvient aux besoins de sa famille élargie en envoyant de l'argent en Afrique du Sud.

— Nous nous en occuperons, dis-je, la voix rauque. Les mots tombent à plat dans ce tombeau sans air, où les murs se moquent bien des promesses. C'est vraiment la moindre des choses qu'on puisse faire.

— C'était un homme bien, dit Henderson, essuyant son nez sur sa manche.

Je hoche la tête, provoquant un éclair de douleur dans mon crâne. — Oui. Un très bon homme.

Je n'ai jamais vraiment appris à le connaître, mais c'était un employé remarquable, et il ne m'a jamais laissé tomber. Bien sûr, je veillerai à ce que sa famille n'ait plus jamais à s'inquiéter pour l'argent, mais je ne pourrai jamais leur rendre Lucky. Juste une pierre tombale de plus d'un homme de bien sur mes épaules.

— Je suis tellement désolée, dit la femme. Je ne savais pas que la porte était...

— Qui êtes-vous ? je demande. Ma voix tranche à travers la brume, ferme, parce que l'hésitation est un luxe que je ne peux me permettre – pas avec l'équipe de Kuznetsov qui tire encore les ficelles.

Un homme se place devant elle. C'est une ombre dans l'encadrement de la porte détruite, éclairé par derrière par une étincelle mourante de l'explosion, le cœur froid de ce château indifférent à notre mort. Son accent écossais résonne à travers la fumée qui se dissipe. — Je pense que la vraie question est plutôt : qui êtes-vous, putain ?

CHAPITRE 15

L'Île

IVY

— Sortez, ordonne Dmitri.

Avec plaisir, je pense, soulagée de créer une distance entre nous. Nous quittons la chaleur de l'habitacle du SUV pour affronter le froid glacial du matin brumeux. Le vent me transperce, piquant mes bras, tandis que l'air est chargé d'odeurs de sel et d'algues. Les cris des mouettes me rappellent l'époque où Jamie vivait au bord de la mer — avant que je ne bouleverse nos vies et ne blesse tous ceux que j'ai jamais aimés. Le froid s'insinue dans mes os, une douleur crue et lancinante qui fait claquer mes dents. Dmitri avance à grands pas, son blouson de cuir craquant comme un sombre mur de menace tandis qu'il traîne un lourd sac de sport vers la jetée.

La plage inconnue s'étend devant nous, une étendue morne de galets humides et d'algues enchevêtrées qui luisent tristement dans la lumière grise de l'aube. Les pierres crissent sous mes chaussures, glissantes et traîtresses, m'obligeant à ajuster ma prise sur Alex, dont le poids et le froid font trembler mes bras. Je me blottis contre sa chaleur et presse mes lèvres sur son front. « Tout va bien, » je mens. Je rentre les épaules, essayant de le protéger, mais le vent trouve chaque interstice, picotant ma nuque.

J'aimerais avoir ma veste. Dr Sandringham remarque que je tremble et que je tape des pieds pour me réchauffer, et c'est alors qu'elle aperçoit ma chemise déchirée. Son expression s'assombrit tandis qu'elle fait un geste discret vers Dmitri, et je hoche la tête en signe de compréhension. Ses lèvres forment une ligne dure.

Le bateau est une épave, sa coque en fibre de verre striée de sel, se balançant dans la marée comme pour nous mettre au défi de lui faire confiance. Les mains cicatrisées de Dmitri travaillent les cordes, son arme bombant à sa hanche, une menace silencieuse.

— Montez dans le bateau, ordonne-t-il.

Ma respiration se bloque, visible dans l'air glacé, tandis que je scrute la plage, désespérément à la recherche d'une échappatoire. Va-t-il nous emmener au large pour nous jeter à la mer ? Je ne supporterais pas une autre quasi-noyade, surtout pas dans cette eau arctique. D'ailleurs, que dit-on des agresseurs qui vous déplacent vers un lieu différent ? Toujours une erreur — presque toujours fatale. Si l'océan glacial est impliqué, ça finira forcément mal.

— Non, je réponds. Je croiserais les bras, mais Alex est sur ma hanche.

Dmitri me fixe, manifestement déconcerté. De toute évidence, il n'a pas l'habitude que des femmes lui disent « non ».

— Je ne vais pas vous faciliter la tâche pour me tuer.

Je ne suis pas physiquement attachée à lui. Je pourrais courir et crier à l'aide. La promenade semble déserte, mais il doit bien y avoir quelqu'un, quelque part, qui m'aidera.

— Monte dans ce putain de bateau, gronde-t-il, son accent

épais imprégné de violence. Sandringham semble prise entre nous deux.

Dmitri enfonce son pistolet dans sa colonne vertébrale, et elle pousse un cri aigu. Il marmonne en russe entre ses dents serrées. Alex perçoit la tension et commence à s'agiter. Je me dis que Dmitri ne jettera pas Alex par-dessus bord, et qu'il ne voudra pas non plus perdre sa baby-sitter. Peut-être que ce n'est pas un piège mortel après tout — pas encore, en tout cas.

— D'accord, d'accord, dis-je en faisant un pas hésitant vers le hors-bord qui tangue.

— Elle ne peut pas y aller comme *ça*, insiste Sandringham. Avec une chemise déchirée. Elle lance un regard accusateur à Dmitri. Elle a besoin d'une veste ou elle va geler sur ce bateau.

Dmitri a l'air d'avoir goûté quelque chose de répugnant. — Vous croyez que ça m'intéresse ? C'est son problème.

— Votre père s'en souciera quand elle mourra d'hypothermie. Vous vous en soucierez quand vous n'aurez plus de nounou. Et qu'en sera-t-il des Ravenscroft ? Quel moyen de pression aurez-vous si elle meurt ?

À ma droite, une chaussée à moitié submergée par la marée mène à une basse traînée sombre de collines au loin — une île enveloppée de lourds nuages gris. C'est donc là que nous nous dirigeons.

Les yeux bleus d'Alex clignent vers moi, confiants. Je resserre sa couverture, mes doigts engourdis et maladroits. J'ai envie de fuir, de le serrer contre moi et de sprinter vers les petites maisons de pierre du village, de supplier à l'aide. Mais l'ombre grise de Dmitri plane au-dessus de moi alors qu'il s'approche, son odeur corporelle rance tranchant avec l'arôme salin de la mer.

— Bateau. Maintenant, grogne-t-il, sa mâchoire mal rasée dessinant une carte de brutalité. Ses yeux sont morts, me défiant de lui désobéir. Je hoche la tête, détestant le frisson qui me trahit, mais le détestant encore plus, lui. Sandringham capitule. Elle me tend son écharpe de laine, encore chaude de son cou. Je l'accepte avec gratitude — et je lui pardonne un peu. Les planches de la jetée grincent sous nos pas tandis que nous avançons lentement sur la surface glissante. Le bateau tangue lorsque nous montons à bord, éclaboussant ma jambe d'eau glacée, me faisant suffoquer. Les mains de Dmitri sont rapides sur l'accélérateur ; le moteur tousse, puis rugit — un son qui me fait frémir jusqu'à la moelle. Je ne peux m'empêcher de penser à Alistair et à la folie que doit provoquer en lui le fait de ne pas savoir où nous sommes — seulement que nous sommes aux mains de son ennemi.

Alors que nous nous éloignons, la plage rétrécit, ses galets se fondant en une ligne sinistre et inaccessible. Les lumières du village scintillent et s'estompent, comme l'espoir qui glisse entre mes doigts engourdis. Les vagues gifflent la coque, projetant une brume qui pique mon visage et perle sur la couverture d'Alex. Je le protège, mes bras tremblants, ma chemise déchirée incapable de résister au vent qui fouette à travers l'eau. Alex gémit, et je le berce doucement, mes lèvres gercées et tremblantes tandis que je fredonne une berceuse brisée. L'île se rapproche, ses rochers et bunkers se précisant — un endroit froid et affamé qui nous attend.

CHAPITRE 16
Perdu

ALISTAIR

Je me lève et titube vers le mur pour me soutenir. La pierre froide me stabilise dans la pénombre de la crypte. Ma vision est encore floue tandis que j'essaie de me concentrer sur l'Écossais. Son visage capte la faible lumière provenant d'une meurtrière en hauteur, des yeux perçants dans un visage buriné.

— Nous sommes venus secourir ma fiancée, je parviens à articuler. Frustré, je presse ma gorge comme si cela allait arranger ma voix. Mes mots raclent contre les murs humides. Elle a été enlevée par Kuznetsov. L'homme qui était ici.

L'homme s'adoucit. — Ces salauds de Russes, dit-il.

— Oui, je réponds. Ces salauds de Russes.

— Dans ce cas, nous sommes amis, dit-il en s'avançant et en me tendant une main solide. Sa poigne est rude, sa manche déchirée lors de leur emprisonnement. Désolé pour votre gars là-bas.

Henderson hoche la tête, les mains encore tachées de rouge.

— Comment êtes-vous arrivés ici ? je demande, essayant toujours de comprendre pourquoi ce couple se trouvait derrière une porte piégée. L'air est encore lourd de poussière après l'explosion.

— Je le tiens de mon père, dit-il, jetant un coup d'œil à la porte détruite, la mâchoire crispée. Il serait furieux de voir ce bazar.

— Vous... vivez ici ? je demande, regardant la pièce semblable à une cave où ils se trouvaient. Elle est sombre et exiguë, avec une odeur de moisissure.

— Cette ordure de Russe a pris notre château et nous a enfermés là-dedans. Il a dit qu'il ne nous ferait pas de mal si on restait tranquilles.

C'est bien le genre de Mikhail Kuznetsov de détourner un putain de château écossais.

— Vous n'auriez pas une idée d'où ils sont allés ? demande Henderson, vacillant en scrutant l'obscurité du corridor.

Il secoue la tête. Ses bottes raclent le sol, un bruit sourd dans le silence. — Se sont tirés en vitesse, avant l'aube.

La femme s'approche, les mains serrées. — Vous êtes épuisés, tous les deux, dit-elle avec un léger accent anglais. Ses yeux passent rapidement sur les débris, évitant le corps de Lucky. Nous avons plein de chambres et de vrais lits. Je ne sais pas ce qu'il reste comme nourriture, mais voulez-vous vous reposer un peu avant de partir ?

Je secoue la tête, gardant un ton ferme. — Nous ne pouvons pas nous arrêter. Pas quand ils la détiennent. Le froid de la crypte me maintient alerte, l'absence d'Ivy plus assourdissante que la douleur dans mon crâne.

Henderson acquiesce, vérifiant déjà son équipement, ses doigts maculant de sang sa veste.

L'Écossais penche la tête, mains levées. — D'accord, c'est compréhensible. Je pensais juste que vous auriez besoin d'un petit moment après... Il s'interrompt, regardant Lucky, étendu là où le fer l'a éventré. La faible lumière accroche sa basket solitaire, contrastant vivement contre la pierre.

— Nous nous occuperons de notre homme, dis-je, d'une voix basse et mesurée. J'enverrai le nettoyeur. D'habitude, c'est Lucky qui s'en chargeait. J'ignore l'élancement dans ma poitrine et repousse l'image de son sourire généreux – celui que nous ne verrons plus jamais. Celui que sa famille ne verra plus jamais.

La lumière grise de l'extérieur enfonce un poignard dans mon crâne. Je me sens comme un soldat en état de choc, désorienté par la bataille. Perdu. Comment allons-nous retrouver Ivy et Alex ? Je trébuche sur un caillou en retournant vers la voiture. La voiture que Lucky conduisait.

— Nous y arriverons, monsieur, dit Henderson, remarquant mon ralentissement.

Je veux le croire, mais toutes les preuves suggèrent le contraire. Ivy nous a donné cette chance de retrouver Alex, et nous n'avons simplement pas été assez rapides. Mikhail sait comment disparaître. Nous n'aurions eu aucune idée de l'endroit où ils s'étaient terrés sans le traceur du Reacher. Je soupire et prends mon téléphone. Le protecteur d'écran est brisé, mais je peux voir des dizaines d'appels manqués de Brodie.

Brodie, qui nous avait avertis de ne pas entrer dans le château. Mais je n'ai pas prévenu Lucky à temps.

— Tu avais raison, dis-je quand il décroche. À propos du château. Nous avons besoin du nettoyeur.

— Oubliez le nettoyeur, répond Brodie, haletant. J'ai quelque chose.

CHAPITRE 17
Sel et décomposition

IVY

La traversée en bateau est une torture.

Le froid est une chose vivante qui transperce ma peau à travers ma chemise déchirée, le coton mis en lambeaux par les mains de Dmitri il y a quelques heures. Le vent fouette ma clavicule exposée tandis que je serre Alex contre moi. L'écharpe en laine que Dr. Sandringham m'a donnée en montant à bord nous enveloppe les épaules. Les embruns du bateau nous trempent, et je tressaille, protégeant le visage d'Alex alors que mes dents claquent.

Tu as survécu au yacht, me rappelé-je. *Tu as survécu à l'océan. Tu survivras à ce froid.*

Dr. Sandringham s'accroupit à côté de moi, frissonnant dans un manteau de laine, ses cheveux noirs se défaisant d'un chignon, ses lunettes embuées de blanc.

Le hors-bord tangue sur les vagues gris argenté, l'eau explosant contre la coque. Dmitri se dresse à la barre, sa veste en cuir craquant, une main sur l'accélérateur et l'autre effleurant l'arme à sa hanche.

— Pas un bruit, gronde-t-il, son ordre tranchant le grondement du moteur.

Une crête basse brise l'horizon, une sinistre dalle de roche
et de broussailles, à moitié perdue dans la brume. Ses pentes
sont déchiquetées, parsemées d'ajoncs épineux et de bruyère
terne, plongeant dans des plages de galets jonchées d'amas
d'algues, de plumes de mouettes et de planches brisées. Des
bunkers en béton s'accroupissent, leurs murs fissurés et striés
de mousse verte et de rouille, comme des crânes laissés à la
décomposition. Des barres de fer jaillissent de l'un d'eux,
tordues et griffant l'air. Le vent hurle, âcre de sel et de décomposition, portant une odeur de varech aigre et de pierre
humide qui me brûle la gorge.

Le bateau vire dans une crique, où les galets luisent sous les
vagues peu profondes. Dmitri coupe le moteur. Une mouette
pousse un cri perçant.

— Dehors, aboie-t-il en sautant à terre, ses bottes crissant
sur le schiste. Son arme est dégainée, basse et stable — une
promesse noire de douleur. Je sors du bateau qui tangue, le
regard dur de Dmitri me tirant en avant.

La crique est un enchevêtrement de sable mouillé et de
bois flotté, montant vers un sentier à travers des buissons qui
me griffent les jambes. L'île semble cruelle ; le vent siffle à
travers des sycomores rabougris, et le grondement sourd de la
marée résonne en dessous, nous enfermant. D'anciens bunkers
de guerre parsèment la montée, certains effondrés, d'autres
condamnés par des tôles déformées.

Dmitri nous conduit vers l'un d'eux, son extérieur criblé de
trous, la rouille saignant des boulons, les ronces agrippant la
base. Une porte d'acier, cabossée et écaillée, semble morte,
mais un pavé numérique — propre et trop neuf — brille sous
un couvercle en plastique. Il tape un code, et la serrure s'ouvre

d'un coup sec. La porte s'ouvre en grinçant, exhalant un air stagnant et sec, un secret enfoui dans la ruine.

Je tiens fermement Alex et suis Sandringham à l'intérieur. Dans le bunker délabré, l'atmosphère est vive et tranchante. Des lumières bourdonnent, blanches et froides, miroitant sur des tables d'acier jonchées de paperasse et d'équipement de laboratoire. Une machine émet un tic-tac, son écran affichant des chiffres lumineux, tandis que des caisses estampillées de caractères russes s'empilent contre un mur de béton éraflé — nu, sans fenêtres.

Dmitri claque la porte, avec le bruit d'une cage qui se referme. La chaleur d'Alex, sa petite main sur l'écharpe, me maintient ancrée ici. Les yeux de Sandringham croisent les miens, puis se détournent, effrayés. Alistair n'a aucune idée d'où nous sommes. Nous sommes piégés, et le jeu ne fait que commencer.

CHAPITRE 18
Un Grincement de Métal

ALISTAIR

Je me fige. Mon monde se rétrécit pour se concentrer sur la voix de Brodie.

— J'ai quelque chose, avait-il dit.

— Qu'est-ce que c'est ? je demande.

Henderson s'arrête et nous observe avec impatience, son visage toujours gris de poussière et de chagrin.

— J'ai sa position. Mademoiselle Mickelson. Je l'ai envoyée à votre famille.

Mon cerveau peine à assimiler cette information. — Vous savez où est Ivy ? L'AirTag s'est remis à fonctionner ?

— Non, monsieur. Quand le traceur s'est arrêté, j'ai *emprunté* quelques drones amateurs à proximité pour identifier leurs véhicules avant qu'ils ne quittent le château. J'ai photographié leurs plaques d'immatriculation, recherché l'agence de location et piraté leur système de suivi antivol. Je surveille leur position en temps réel en attendant que vous me rappeliez.

Ma colère s'estompe un instant. — Brodie, vous êtes un putain de génie. Vous le savez ?

Il ignore le compliment. — Vous aurez besoin de l'hélicoptère. Avec le trajet en voiture plus le vol, vous devriez y être dans environ quarante-huit minutes.

— Où ça ?

— Je viens de vous envoyer l'emplacement. C'est la jetée de Cramond, un petit village de pêcheurs. Je suppose qu'ils sont allés sur l'île de Cramond, un minuscule endroit à un mile dans l'estuaire du Forth, isolé par la chaussée submersible. Pendant la guerre-

— Merci, Brodie, dis-je, en l'interrompant. Vous venez de doubler votre salaire.

Une fois l'appel terminé, ma colère revient. Nous nous éloignons du château en trombe, le sang de Lucky encore humide. Kuznetsov va payer pour ça. Henderson écrase l'accélérateur du Rover, projetant de la boue tandis que nous dévalons un chemin de Carse. Lorsque nous arrivons au champ où nous avons atterri, notre véhicule dérape jusqu'à l'arrêt.

L'hélicoptère est à peine visible dans l'aube brumeuse. Henderson se glisse dans le siège du pilote, les mains parfaitement stables. Je m'attache. Les pales bourdonnent, puis hurlent, aplatissant l'herbe alors que nous nous élevons, le champ s'estompant rapidement. Le visage d'Ivy brûle dans mon esprit. S'ils ont touché à un seul de ses cheveux...

Mon poing se serre, prêt à écraser la gorge de Mikhail Kuznetsov.

Les champs se fondent dans les eaux grises agitées du Forth, Henderson poussant l'hélicoptère à travers la brume — cinquante miles jusqu'à Cramond, vingt minutes à pleine vitesse. Mon pouls reste stable, ma rage affûtée comme une lame, aucune autre erreur n'est permise. Ivy et Alex sont tout pour moi, et je suis prêt à mettre cette île en pièces.

L'île de Cramond se profile, une plaie déchiquetée dans la mer, ses pentes hérissées d'ajoncs et de bruyères, des plages de galets pourrissant d'algues. Les coquilles vides des bunkers de la Seconde Guerre mondiale donnent à l'endroit une allure résolument dystopique.

Henderson fait un signe vers une clairière herbeuse près d'une ferme délabrée, large de trente mètres, bordée de pierres et d'ajoncs.

— Sacrément accidenté, murmure-t-il, la voix tendue dans le casque, les yeux plissés. Je grogne en réponse. L'hélicoptère plonge, les pales tranchant l'air salin, et une rafale nous frappe, la structure vacillant, le métal gémissant. Les bunkers deviennent flous. La clairière n'est qu'un point, les rochers tranchants comme des rasoirs. Une autre rafale vicieuse nous heurte, nous poussant de côté — les patins s'inclinent, un grincement de métal. Trop près. Mon estomac se noue, Ivy et Alex traversant mon esprit, perdus si nous nous écrasions. Henderson serre les dents, luttant avec le manche, mais le rotor heurte quelque chose, un craquement écœurant retentit, et la cabine est plongée dans le chaos. Le sol surgit, irrégulier, des pierres comme des dents de géant.

— Cramponné ! aboie Henderson, tirant fort, et nous nous écrasions — les patins glissent sur le schiste, vacillant avant de s'accrocher à la terre, le sable explosant autour de nous.

Je sors, mes bottes frappant le sol meuble, arme baissée, scrutant les fentes des bunkers — noires, vides. Henderson est à côté de moi, arme dégainée, vérifiant les ombres. Le vent déchire l'air, âcre comme le varech, tirant sur nos vestes.

— Rien en vue, dit Henderson. Je bouge, escaladant les rochers, ma rage pulse — Ivy est à portée de main, Alex aussi, et je suis là pour tuer quiconque se mettra en travers de mon chemin.

CHAPITRE 19
Le Colis

IVY

Les sols du bunker s'inclinent vers le bas, menant à des cages d'escalier qui s'enfoncent plus profondément dans la terre. L'extérieur creux de cet austère avant-poste écossais ne révèle rien de ce qui se trouve en dessous. Dmitri enfonce le canon de son arme dans mon dos.

— Avance, grogne-t-il.

Je serre Alex contre moi, ce petit corps qui n'est pas le mien mais qui fait partie de mon cœur. Sandringham suit, son visage est un masque de culpabilité et de peur. J'ai déjà vu ce regard auparavant — pas celui du mal, mais d'une personne acculée. Elle me rappelle Ariana. Ce qu'ils ont contre elle doit être dévastateur.

L'escalier descend en spirale, les marches en béton cédant la place à du métal qui résonne à chaque pas. La température chute au fur et à mesure que nous descendons, bien qu'il fasse encore plus chaud que sous le vent glacial de l'océan au-dessus. Ma chemise n'offre aucune protection. Je resserre l'écharpe humide autour du bébé Alex et moi, une barrière futile.

Trois volées d'escalier plus bas, nous atteignons une lourde porte en acier. Dmitri tape un code sur un pavé numérique. La porte s'ouvre avec un sifflement pneumatique.

Au-delà, le laboratoire est étonnamment moderne comparé au bunker de guerre délabré au-dessus. Des surfaces blanches immaculées brillent sous les dures lumières fluorescentes. Des hommes et des femmes en uniformes bleus à bordure rouge se déplacent entre les postes de travail, mélangeant des produits chimiques et mesurant des poudres. L'odeur âcre d'ammoniac, d'acétone et d'autre chose me brûle les narines.

— *Batya !* appelle Dmitri. J'apporte le colis.

À l'extrémité du laboratoire, deux hommes se détournent d'un mur d'écrans. Le plus âgé se redresse, ses cheveux argentés captant la lumière. Mikhail Kuznetsov. Le revoir me fait me souvenir de la fumée de la chapelle en flammes et du métal froid de l'arme que j'ai utilisée pour protéger Ariana et Henderson. Je peux presque sentir sa forme unique de danger. Son visage buriné témoigne d'années difficiles, mais ses yeux sont vifs et calculateurs. À côté de lui se tient son autre fils, Yuri — mince et nerveux, dégageant une énergie nerveuse et un rictus perpétuel. Contrairement à l'arme à feu de son frère, l'arme de prédilection de Yuri — un couteau courbé — brille à sa hanche. Ses yeux sombres et affamés se fixent sur moi.

— Enfin, dit Mikhail en s'approchant d'un pas délibéré. Une croix antique bleue et argentée pend à une chaîne autour de son cou épais. Son regard passe de moi à Alex, puis se rétrécit à la vue de mes vêtements déchirés. — Qu'est-ce que c'est ? Son anglais porte un fort accent russe, bien qu'il soit précis et délibéré.

Dmitri s'agite derrière moi. — Elle a résisté.

— Alors tu as abîmé la marchandise ? La voix de Mikhail reste douce, mais la glace cristallise chaque mot. — Notre levier. La gardienne de mon fils.

Je sais qu'Alex n'est pas le mien par le sang, mais entendre

Mikhail le revendiquer me fait resserrer instinctivement mes bras autour du bébé.

— Elle n'est pas une *marchandise*, interrompt Sandringham, puis elle semble regretter d'avoir parlé lorsque le regard froid de Mikhail se tourne vers elle.

— Dr Sandringham. Vous avez rempli votre part de notre arrangement. Mikhail hoche légèrement la tête. — Votre sœur reste confortable. Pour l'instant.

Voilà donc ce qu'ils ont contre elle — une sœur retenue quelque part comme garantie.

— J'ai amené Ivy ici comme convenu, dit Sandringham, la voix tremblante. — Maintenant, s'il vous plaît...

— Maintenant, rien du tout, coupe Yuri, en s'approchant, sa main reposant sur son couteau. — Tu restes jusqu'à ce que Père en décide autrement.

Mikhail fait signe à son fils de reculer. — Assez, Yuri. Il m'étudie, prenant en compte ma forme frissonnante et la façon protectrice dont je tiens Alex. — Tu as bien pris soin de lui. Il fait signe à un technicien de laboratoire. — Apportez des vêtements secs pour notre invitée.

— Je ne suis pas votre invitée, dis-je, essayant d'empêcher mes dents de claquer.

Les lèvres de Mikhail se courbent légèrement. — Sur Cramond, la sémantique a peu d'importance. La marée est haute. La chaussée a disparu. Même si tu t'échappes de ce bunker, l'île te retient. Il tend la main vers Alex, et je recule instinctivement. Il n'est pas content, mais l'accepte. — Tu peux continuer à t'occuper de lui jusqu'à notre départ pour la maison. Il semble... attaché à toi.

Dmitri se rapproche, son souffle chaud sur mon cou. — Père, elle est un problème. Laisse-moi...

— Tu en as assez fait, le coupe sèchement Mikhail. — Tes méthodes manquent de finesse. Va vérifier le périmètre.

Le visage de Dmitri s'assombrit, mais il recule, me lançant un regard qui promet une future vengeance.

Un technicien de laboratoire apparaît tenant un uniforme de laboratoire bleu. Mikhail le prend et me l'offre avec une douceur troublante.

— Change-toi. Nourris-le. Vous serez tous les deux plus à l'aise. Il fait un geste vers une petite pièce adjacente au laboratoire principal. — De l'intimité, d'accord ? Ensuite, nous discuterons de ton nouveau rôle ici.

— Rôle ? Ma voix se brise. — Je ne vais pas travailler dans votre labo de drogue.

Yuri rit, le son aussi tranchant que sa lame. — Non ? Alors peut-être préfères-tu divertir les hommes ? Beaucoup sont loin de chez eux.

— Silence. L'ordre de Mikhail tranche l'air.

Je prends l'uniforme impeccable, reculant vers la pièce indiquée tout en gardant les yeux sur le couteau de Yuri. Sandringham fait un pas vers moi, mais Yuri lui bloque le passage.

— Où penses-tu aller, Docteur ?

— Laissez-la m'aider avec le bébé pendant que je me change, dis-je rapidement. — S'il vous plaît.

Mikhail réfléchit, puis hoche la tête. Nous nous retirons dans la petite pièce — à peine plus qu'un placard de rangement avec un lit de camp.

Elle ferme la porte derrière nous et prend Alex pendant que j'enlève ma chemise mouillée et déchirée pour enfiler la tenue de laboratoire. Bien que le tissu soit légèrement rugueux, je suis reconnaissante pour les manches sèches sur mes bras gelés. Je glisse la broche qu'Alistair m'a donnée dans la poche à double couture, un souvenir de temps plus heureux.

— Nous aurons besoin d'eau chaude pour son biberon, dis-je, en reprenant Alex alors qu'il tend les bras vers moi. Ses petits doigts s'enroulent autour des miens, confiants et innocents du sang qui coule dans ses veines.

— Alistair viendra, je murmure, mais les mots sonnent creux même à mes propres oreilles. Comment nous trouverait-il ? Un avant-poste écossais inondé, un laboratoire secret sous un bunker, entouré d'eau glacée et de gardes russes.

Les yeux de Sandringham soutiennent les miens, l'honnêteté brillant enfin. — Personne ne viendra, Ivy. Nous sommes seules.

Alex gazouille, ignorant notre emprisonnement. De l'autre côté de la porte, j'entends la voix de Yuri. J'imagine la lame sinistre qu'il porte, luisant dans la lumière crue. Je sais que Sandringham a raison. L'espoir est un luxe que nous ne pouvons pas nous permettre. Si nous voulons survivre — si je veux garder le bébé Alex en sécurité — nous avons besoin d'un plan.

CHAPITRE 20
Hommes Morts

ALISTAIR

La bruine enveloppe l'île tandis qu'Henderson et moi navi-guons entre les rochers escarpés et les broussailles. L'île de Cramond est encore plus petite qu'elle ne paraissait vue du ciel — une dalle de roche déchiquetée parsemée de ruines militaires abandonnées. Où peut-elle bien être ?

— On doit se séparer, dis-je en scrutant les bunkers déla-brés qui ponctuent le paysage. Pour couvrir plus de terrain.

Henderson acquiesce, vérifiant son arme. — Discrètement. Si les hommes de Kuznetsov nous repèrent avant qu'on les trouve...

— Je sais. Mon ton est plus dur que prévu, mais si Henderson s'en formalise, il n'en montre rien.

— Prends les structures nord, dit Henderson. Je balaierai le sud. Appelle si tu trouves quelque chose.

Je m'éloigne, restant bas parmi les rochers, mon Glock prêt. Chaque bunker se ressemble — béton qui s'effrite, portes rouillées pendant de gonds brisés, abandonnées depuis des décennies. Des reliques de guerre, oubliées par le temps. Aujourd'hui, elles verront du sang frais.

Vingt minutes de recherche ne donnent rien. Aucun signe d'entrée, pas de gardes, aucune preuve que quiconque est venu ici depuis des années, hormis quelques touristes aventureux qui risquent la traversée de la chaussée pendant sa brève période d'accessibilité. Ma frustration grandit à chaque bunker vide que je découvre. Je me demande si Brodie s'est trompé. Je me demande si la Bratva nous a encore bernés. Ma colère monte, et je serre mon arme plus fort que nécessaire.

Puis je le vois.

Une silhouette émerge de ce qui semble être de la roche solide — une entrée de bunker dissimulée par la végétation. Large d'épaules, vêtu d'une veste en cuir, cheveux coupés court. Dmitri Kuznetsov. Je le reconnais immédiatement depuis Manchester — les yeux froids, les tatouages, cette posture de prédateur. Le souvenir des flammes léchant les tapisseries dans la chapelle resurgit alors que nous luttions pour respirer, piégés à l'intérieur jusqu'à ce que le Père nous permette de nous échapper.

J'envoie un texto à Henderson, mes doigts volant sur l'écran. « Dmitri. »

Il accuse réception du message.

Je ne peux pas l'attendre. Si Dmitri retourne à l'intérieur, nous perdons notre piste. Je fais le tour, utilisant le terrain accidenté comme couverture, réduisant la distance. Il se tient dos à moi, exhalant de la fumée dans l'air gris.

La rage que je réprime menace d'exploser. Cet homme a participé à l'enlèvement d'Ivy. Cet homme a essayé de nous brûler vifs à Manchester. J'ai envie de lui mettre une balle dans le crâne.

Mais j'ai d'abord besoin de réponses.

Je me déplace comme un fantôme, des années d'entraînement prenant le dessus. Un bras se verrouille autour de sa gorge, le canon de mon Glock pressé contre sa tempe avant qu'il ne puisse atteindre son arme. Sa cigarette tombe, crépitant dans une flaque à nos pieds.

— Fais un bruit et ce sera ton dernier, je grogne à son oreille, le traînant contre la paroi rocheuse.

— Va te faire foutre, crache Dmitri, son accent épais de haine.

J'augmente la pression sur sa trachée pendant que je saisis son arme. — Où est-elle ?

Ses yeux s'écarquillent, son visage rougissant. — Qui ?

Le canon s'enfonce plus profondément dans sa tempe. — Ne joue pas au con, Dmitri. Tu sais exactement de qui je parle.

Il sourit narquoisement. — Tu veux dire le nouveau jouet du Père ?

Une fureur incandescente me traverse. Je fracasse sa tête contre le béton rugueux, une fois — assez fort pour l'étourdir mais pas pour l'assommer. Du sang coule de son cuir chevelu. Je serre la mâchoire, retenant l'envie de frapper à nouveau.

— Je ne demanderai qu'une fois de plus, dis-je, ma voix d'un calme mortel. Où. Sont. Ils ?

Il respire difficilement, ses yeux se tournant vers l'entrée dissimulée. — À l'intérieur.

J'entends des pas — Henderson qui approche, arme prête.

— Il dit qu'ils sont là-dedans. Je fais un signe vers l'endroit d'où Dmitri est apparu. Ce que je prenais pour un simple bunker en ruine se révèle être quelque chose de plus — une porte cachée par un placement stratégique de roches et de végétation.

Les sourcils d'Henderson se lèvent.

Je pousse Dmitri en avant, et il trébuche. — Le Père a plus d'hommes à l'intérieur que vous n'avez de balles.

J'appuie le canon plus fort contre son crâne. — Alors tu ferais mieux d'espérer qu'ils tiennent à ta vie.

Je le traîne vers la porte, gardant mon bras verrouillé autour de sa gorge.

— Ouvre-la, j'ordonne.

Il hésite. — Le Père me tuera.

— Je vais te tuer maintenant. À toi de choisir.

Quelque chose change dans son expression — l'acceptation qu'il est acculé. Il fait un signe vers le clavier. — J'ai besoin de ma main libre.

Je desserre légèrement ma prise, gardant l'arme stable. — Tente quoi que ce soit de stupide, et tu meurs en premier. Ensuite, on trouvera un autre moyen d'entrer.

Henderson se positionne pour nous couvrir, scrutant les alentours à la recherche d'autres gardes.

Les doigts de Dmitri planent au-dessus du clavier. — Code à huit chiffres. Change quotidiennement.

— Arrête de gagner du temps, je siffle.

Il tape les numéros. Le clavier émet un bip, une lumière verte clignote, et la serrure se déverrouille avec un clic métallique.

La porte s'ouvre, révélant non pas la coquille vide à laquelle je m'attendais, mais un intérieur modernisé. Des lumières fluorescentes illuminent des tables d'acier avec de l'équipement de laboratoire, des papiers éparpillés sur les surfaces, des caisses empilées contre les murs.

— Qu'est-ce que c'est que ce bordel ? murmure Henderson, entrant derrière nous.

Je resserre ma prise sur la gorge de Dmitri. — Qu'est-ce que c'est que cet endroit ?

— Les affaires du Père, suffoque-t-il.

Un laboratoire de drogue. La réalisation me frappe tandis que j'examine l'équipement, l'odeur chimique sous le renfermé.

— Où sont-ils ? je demande, scrutant la pièce à la recherche d'un signe d'Ivy.

Les yeux de Dmitri trahissent sa peur. — En bas.

C'est seulement à ce moment que je remarque la rampe au fond du bunker, descendant dans l'ombre. Mon estomac se serre. Ils ont construit quelque chose sous cette relique de guerre en décomposition — quelque chose caché aux images satellites et aux patrouilles des garde-côtes.

— Avance, j'ordonne, le poussant vers la rampe.

Henderson sécurise la porte derrière nous avant de nous suivre, professionnel et mortel. La rampe descend, les murs de béton se resserrant autour de nous.

— Combien de gardes ? demande Henderson.

— Six, admet Dmitri après que j'ai resserré ma prise. Plus les employés du laboratoire.

Nous atteignons le bas de la rampe, où une autre porte en acier bloque notre chemin, plus récente que la première, avec un clavier plus sophistiqué et ce qui ressemble à un scanner rétinien.

— Ouvre-la, j'ordonne.

Dmitri hésite. — Ils nous verront sur les caméras.

— Alors tu ferais mieux d'espérer qu'ils tiennent assez à ta vie pour se rendre, je réponds froidement. Parce que dès que nous aurons franchi cette porte, tu seras notre bouclier.

Sa mâchoire se crispe. — Vous êtes des hommes morts.

Henderson s'approche. — Peut-être. Mais tu seras le premier à y passer. Sa voix est aussi impitoyable que je l'ai jamais entendue. — Maintenant ouvre cette putain de porte.

Les épaules de Dmitri s'affaissent légèrement. Il sait que nous ne bluffons pas. Il tape un autre code — différent du premier — puis se penche en avant, laissant le scanner lire son œil.

La porte s'ouvre dans un sifflement.

CHAPITRE 21
Une Flamme Jaillissante

IVY

Alex gémit tandis que je le serre fort contre moi et que j'embrasse sa tête.

— Pauvre petit, murmuré-je contre sa peau chaude. Tu n'es qu'un bébé. Tu ne devrais pas être ici.

Je regrette ces jours passés ensemble en Thaïlande, où Alex s'émerveillait de la plage et découvrait avec délice l'ananas acidulé. L'affection stoïque de Brumilde. La chaleur et l'humidité, enveloppées d'amour. C'était une autre vie. Et Alistair — magnifique, généreux et terriblement sexy. Comment ai-je pu avoir tant de chance ? Je donnerais tout pour remonter le temps.

Sandringham nous observe, son expression parfaitement maîtrisée. Pourtant, ses yeux vifs et calculateurs révèlent une lueur de quelque chose de plus sombre, quelque chose de désespéré. — Il doit manger, déclare-t-elle d'une voix sèche, chaque mot tranchant comme un éclat de glace. Ils ne toléreront pas le bruit.

— Je sais. Ma voix est rauque de peur tandis que j'essaie d'apaiser Alex, mais ses pleurs s'intensifient, se transformant en supplication. — Nous avons besoin d'eau chaude pour son biberon. Mes mains tremblent, ma peau est moite de sueur froide.

Le regard de Sandringham parcourt la pièce, comme si elle cherchait des yeux invisibles. Les lampes fluorescentes bourdonnent au-dessus de nous. — Il y a une sorte de sortie, murmure-t-elle. Une fenêtre avec des barreaux rouillés. Je l'ai trouvée quand ils nous ont amenées ici.

Nous ? pensé-je, mais je me concentre sur la sortie.

— Si tu tournes à droite au niveau des écrans de surveillance et que tu descends le couloir, la deuxième porte en partant du fond à gauche, c'est le bureau de Yuri. Il y a un grenier caché avec une fenêtre. C'est au-dessus du sol — sur le côté d'une falaise rocheuse, mais il y a un rebord.

Je secoue la tête, déçue. — Ça ne ressemble pas du tout à une sortie.

Plutôt à un piège mortel. D'abord, c'est dans le bureau du psychopathe. Ensuite, la fenêtre a des barreaux. Et enfin, un rebord dangereux alors que je suis déjà déséquilibrée, portant un bébé.

Sandringham hoche la tête. — Je sais que ce ne sera pas facile, mais c'est peut-être notre seule issue. Je peux attacher Alex à ton dos avec l'écharpe.

Sans attendre mon accord, elle déroule l'écharpe en laine qu'elle m'a donnée. Je hisse Alex sur mon dos, et elle l'attache solidement.

— Trop serré ? demande-t-elle.

Je secoue la tête. — Plus c'est serré, mieux c'est.

— Pourquoi m'aides-tu ? demandé-je.

— Ils ont ma sœur, murmure-t-elle, sa voix comme un fil de verre brisé. C'est pour ça que je suis ici. Ils la retiennent depuis des semaines.

— Où ? exigé-je, mon cœur cognant contre mes côtes.

Elle secoue la tête, les yeux écarquillés et hantés. — Je ne sais pas. Ils ne me disent rien. Sa respiration se bloque, un son déchirant. — Ils ont dit qu'ils la tueraient si je ne vous livrais pas.

La colère s'enflamme en moi.

Pour qui se prennent ces hommes ?

Prendre des femmes contre leur volonté et les utiliser comme monnaie d'échange. Je prends une profonde inspiration, laissant ma colère m'alimenter. Personne ne viendra me secourir. Je dois me battre pour sortir d'ici.

— Nous la retrouverons. Nous savons toutes les deux que c'est une promesse vide. Le regard de Sandringham est fixé sur la porte, son visage comme un masque de papier.

Soudain, il y a une agitation à côté — une bousculade, un bruit métallique sec, et des voix étouffées qui s'élèvent avec colère. L'anxiété me traverse.

Une distraction. Une chance de s'échapper.

C'est maintenant ou jamais.

CHAPITRE 22
Je suis venu récupérer

ALISTAIR

Ce qui se trouve au-delà est stupéfiant — un vaste laboratoire souterrain aux surfaces blanches immaculées qui brillent sous l'éclairage fluorescent intense. Au moins une douzaine d'ouvriers en uniformes bleus se déplacent entre les postes de travail, mélangeant des produits chimiques et mesurant des poudres. L'opération est à l'échelle industrielle.

Au fond, près d'un mur d'écrans, se tient un homme costaud aux cheveux argentés que je reconnais immédiatement : Mikhail Kuznetsov. À côté de lui se trouve un homme plus jeune, mince, aux traits similaires et avec un couteau à la ceinture — Yuri, l'autre fils. Le sauvage.

Les yeux de Kuznetsov s'écarquillent à notre vue — à la vue de Dmitri avec un pistolet sur la tempe. Les ouvriers se figent, incertains.

— Ravenscroft, grince Kuznetsov, mon nom sonnant comme du poison sur sa langue. Tu oses ?

— Vous avez pris quelque chose qui m'appartient, je lance, ma voix portant à travers le laboratoire soudainement silencieux. Je suis venu le récupérer.

Son expression se durcit, calculatrice. — Et je récupère ce que tu m'as volé à Moscou.

D'une pièce adjacente, une porte s'ouvre. Ivy en sort, vêtue d'un uniforme de laboratoire bleu trop grand pour elle. Alex est attaché à son dos.

Nos regards se croisent à travers le laboratoire. Son visage — choc, espoir, peur — est la plus belle chose que j'aie jamais vue.

— Alistair, murmure-t-elle, le son portant dans le silence. Elle cligne des yeux en me regardant, comme si elle essayait de déterminer si je suis réellement là ou simplement un produit de son imagination.

— Ivy. Mon cœur brûle de la voir comme ça : immensément soulagé de constater qu'elle est vivante et apparemment indemne, furieux qu'elle soit leur prisonnière. Chaque fibre de mon être veut courir vers elle, la prendre dans mes bras et ne plus jamais la lâcher. Au lieu de cela, j'enfonce le canon de mon pistolet contre la tempe de Dmitri.

Yuri dégaine son couteau. — Tuez-les, gronde-t-il.

Je sors de ma transe avec Ivy. — Je ne pense pas que votre père veuille perdre ses deux fils aujourd'hui. Il commence à manquer d'héritiers.

C'est un point particulièrement sensible pour Mikhail, étant donné que j'ai tué la fille qu'il voulait voir diriger son entreprise. Ses yeux s'enflamment de haine un instant avant de revenir à son regard froid habituel, évaluant la situation. Il fait un geste vers Alex. — Tu as enlevé mon fils de sa maison. De moi.

— Seulement après que vous avez assassiné sa mère, je rétorque. Mariya ne méritait pas ce que vous lui avez fait.

Quelque chose vacille dans les yeux de Kuznetsov — pas du remords, mais de l'irritation à la mention de la mère d'Alex. — Cette femme n'était rien. Une putain. L'enfant est de mon sang.

Je fais un pas en avant, traînant Dmitri avec moi. Henderson se positionne pour couvrir mon flanc, arme prête.

— Ivy et Alex partent avec nous, dis-je, chaque mot précis. Ou votre fils meurt.

Les lèvres de Kuznetsov se retroussent légèrement.

Mon attention se partage entre lui et Ivy, qui se déplace lentement le long du mur. Derrière elle, je remarque le Dr Sandringham qui émerge de la même pièce. Je n'ai pas le temps de me demander pourquoi elle a l'air si effrayée.

— Libère mon fils, poursuit Kuznetsov, et nous pourrons discuter des conditions.

— Pas de conditions, dis-je sèchement. Ivy et Alex sortent avec nous.

Les ouvriers du laboratoire commencent à reculer, sentant la violence sur le point d'éclater. Tout est en suspens.

Les yeux de Kuznetsov se rétrécissent. — Vous êtes encerclés, en infériorité numérique.

— Et vous êtes sur le point de perdre encore un héritier, je réplique. À vous de choisir.

Le regard de Sandringham croise le mien à travers la pièce, puis vacille vers l'entrée. L'avertissement dans ses yeux est sans équivoque — d'autres hommes arrivent.

Nous devons partir *maintenant*.

Elle saisit la main d'Ivy, prête à courir.

Yuri voit l'échange et bouge soudainement, se précipitant vers Ivy avec son couteau dégainé.

Je crie un avertissement, mais je ne peux pas l'atteindre à temps.

— Non ! Sandringham se jette entre eux, bras écartés, protégeant Ivy et le bébé.

Le couteau s'enfonce dans l'estomac de Sandringham. Elle halète, les yeux écarquillés de choc, puis Yuri tord la lame à l'intérieur.

— Non ! répète Ivy, bouleversée, reculant contre le mur.

Yuri, souriant, retire le couteau. Sandringham grogne et s'effondre sur le sol. Le sang s'étale sur les carreaux autour d'elle.

Yuri se lèche les lèvres, prêt à frapper sa cible initiale : Ivy.

Je pointe mon Glock sur lui, mais je ne peux pas risquer le tir avec Ivy si proche. Henderson crie un avertissement, son arme suivant plusieurs cibles.

Autour de nous, les gardes de Kuznetsov changent de position, leurs armes braquées sur Henderson et moi. J'utilise Dmitri comme bouclier. Henderson reste stable, son arme passant d'une cible à l'autre, prêt à tirer au premier mouvement hostile.

— Il semble que nous soyons dans une impasse, dit Kuznetsov, sa voix étrangement calme. Ses doigts tapent rythmiquement contre la console à côté de lui.

Un signal, je m'en rends compte trop tard.

La porte derrière nous s'ouvre en sifflant. Quatre hommes supplémentaires entrent, tatoués et armés — des mercenaires de la bratva, armes déjà sorties.

Nous sommes maintenant encerclés, pris entre les forces de Kuznetsov. Les chances ont considérablement basculé contre nous.

— Peut-être devrions-nous... renégocier, sourit Kuznetsov, froid et victorieux. Posez vos armes.

J'ajuste ma prise sur Dmitri, appuyant plus fort le pistolet contre son crâne. — Vous d'abord.

Le temps se dilate alors que nous nous faisons face à travers le laboratoire — Kuznetsov avec ses hommes de main,

Henderson et moi avec nos maigres armes et notre détermination. Ivy et Alex pris au milieu. Le Dr Sandringham qui gargouille sur le sol, son sacrifice pesant lourdement dans l'air.

Personne ne bouge.

CHAPITRE 23
Murmures à travers le sang

IVY

Je ne peux pas laisser Sandringham allongée là, en train de se vider de son sang, après qu'elle se soit interposée entre le couteau de Yuri et nous. Je tombe à genoux et essaie d'arrêter l'hémorragie, même si je sais que c'est inutile.

—Ça va aller, mens-je.

Elle secoue lentement la tête, ses lèvres pâles et sèches. Elle sait que c'est fini.

Le souvenir de son rôle dans mon enlèvement s'estompe, et je ne vois plus que la gentille psychologue qui m'a aidée à traverser des moments terribles et la femme courageuse qui a choisi sa sœur plutôt qu'elle-même.

Les pleurs d'Alex s'intensifient, comme une perceuse dans mes oreilles.

—S'il te plaît, murmure Sandringham à travers le sang. S'il te plaît, trouve Emma.

—Je le ferai, réponds-je en serrant sa main. Je la trouverai et je prendrai soin d'elle. Je te le promets.

Son sang rend mes paumes glissantes et tache mes manches tandis que j'appuie sur l'entaille dans son ventre, mais c'est inutile – quand je regarde à nouveau son visage, ses yeux sont vides. Elle a pris la lame de Yuri pour moi, pour Alex, et maintenant elle est morte. Son sacrifice me noue la gorge et me pique les yeux.

Alistair se tient à quelques pas, son arme pointée sur Mikhail Kuznetsov, dont les yeux froids ne révèlent rien. Alistair maintient Dmitri en étau, l'utilisant comme bouclier. Yuri fait les cent pas, son couteau ensanglanté se balançant, son visage un masque de rage. Quatre gardes entourent Mikhail, leurs fusils braqués sur nous, les doigts flottant au-dessus des gâchettes. L'air crépite de tension, chaque seconde nous rapprochant d'un bain de sang.

—Laissez partir Dmitri, dit Mikhail, son accent russe précis. Il est clair que Yuri n'est pas apte à diriger l'entreprise. Alex est trop jeune. Dmitri est son dernier espoir d'avoir un héritier convenable.

La voix d'Alistair est un grondement sourd. Inflexible. — Pas question.

Mon cœur bat la chamade, les cris d'Alex s'adoucissant tandis que je me balance sur mes talons, essayant de le réconforter.

—Chut, on va bien, murmurè-je, plus pour moi-même que pour lui. Les minutes semblent des heures.

Yuri s'approche, son couteau étincelant. —Tu te crois intelligente, siffle-t-il, me fixant du regard. Toi et ton petit ami riche, jouant les héros. Sa voix dégouline de mépris, et je tressaille, reculant. Alistair se déplace, son arme tressautant vers Yuri, mais Mikhail lève la main.

—Patience, Yuri, dit Mikhail, son ton calme mais mortel. Ils vont craquer.

Il fait un autre pas, et mon souffle se coupe. L'arme d'Alistair se stabilise, mais les gardes arment leurs fusils, une impasse au bord du gouffre.

Un faible bruit sourd résonne depuis le tunnel, et je me fige. Des pas, lourds et urgents. Les gardes se tournent, leurs fusils pivotant vers la porte. La mâchoire d'Alistair se crispe, une étincelle d'espoir dans ses yeux. Henderson acquiesce. Les renforts sont là, mais le laboratoire ressemble plus que jamais à un piège, et le sang de Sandringham sur mes mains me rappelle à quel point tout ceci peut mal tourner en un instant.

CHAPITRE 24
Zone mortelle

ALISTAIR

Le laboratoire est une zone mortelle, chaque recoin hurle le danger. Je tiens le bras de Dmitri bloqué derrière lui, mon pistolet appuyé contre son crâne, son visage luisant de sueur tordu de douleur. Les sbires russes nous encerclent, leurs fusils bien en joue, mais je me concentre sur Ivy qui s'approche lentement de moi. Ses yeux se tournent vers l'entrée scellée, où le bruit étouffé de bottes sur des escaliers métalliques promet soit le salut, soit le carnage.

Nos renforts ne pourront pas franchir ces portes lourdement blindées sans le scan rétinien de Dmitri.

La voix glaciale de Mikhail tranche à travers l'impasse. « Es-tu prêt, Alistair ? Laisse partir Dmitri, ou cela se terminera avec le sang de ta famille sur le sol. »

Je me crispe, prêt pour le chaos.

Ivy est proche de moi maintenant. Je suis soulagé jusqu'à ce que je remarque l'ecchymose sur sa pommette. Un œil est légèrement injecté de sang. La colère me traverse comme une décharge électrique.

MAIS C'EST QUOI CE BORDEL ?

Je manque de me briser les dents tant je serre la mâchoire. Elle semble déconcertée par mon attention soudaine.

Ma voix est un grognement profond. « Qui t'a fait ça ? »

Ses yeux se tournent vers Dmitri.

J'oublie où je suis. J'oublie les notions de levier et de monnaie d'échange. Tout ce que je veux, c'est effacer cette ecchymose, et si je ne peux pas faire ça, effacer le salaud qui l'a causée.

Je rugis et plaque Dmitri au sol, enfonçant le canon dans sa poitrine, et je tire deux fois. Le bruit des coups de feu est satisfaisant, tout comme la vision de son corps tendu qui s'affaisse.

La porte explose vers l'intérieur, des éclats déchirant l'air. Nos renforts font irruption, les coups de feu résonnent comme des coups de tonnerre. Les sbires pivotent, pris au dépourvu, et le laboratoire devient un abattoir, des hommes hurlent et des corps s'effondrent sur le sol. Henderson renverse une table en acier pour se protéger, et je tire Ivy et Alex, qui hurle, vers la sécurité. Henderson décoche des tirs précis, abattant deux Bratva avec une précision chirurgicale, sa voix tranchant à travers le vacarme. « Bougez ! »

Mikhail attrape son sac fourre-tout noir, et lui et Yuri se précipitent vers le corridor au fond. Y a-t-il une sortie par là ? Je jure intérieurement – les laisser s'échapper n'est pas une option.

« Rattrapez-les ! » je crie à l'équipe de renforts, qui se lance à leur poursuite.

Seule leur mort suffira. La fumée me pique les yeux tandis que les balles ricochent sur les murs, brisant des fioles et créant des étincelles sur le métal.

Henderson couvre l'équipe de renfort, son pistolet aboyant alors qu'il abat un autre Russe. La mafia se regroupe, leurs cris en russe noyés par les coups de feu. L'un d'eux surgit de la fumée, visant Ivy. Je saute par-dessus la table d'acier et le plaque, écrasant sa tête contre le sol et tirant une balle dans son front.

L'équipe de renfort de Brodie presse l'attaque, leur équipement tactique scintillant dans le chaos. Un employé du laboratoire reçoit une rafale dans la poitrine, s'écroulant dans une gerbe de sang. Un autre tente de nous prendre à revers, mais Henderson est plus rapide, son tir traversant la gorge de l'homme. L'air est épais de poudre et de soupirs de mort ; les murs autrefois stériles du laboratoire sont maintenant une toile d'éclaboussures sanglantes.

Mikhail et Yuri ont disparu, probablement vers une salle sécurisée. Mon épaule élance – une éraflure de balle ? – mais je réprime la douleur. Henderson recharge, ses yeux scrutant le corridor. Un employé du laboratoire se débat sur le sol, sa joue pressée contre les carreaux glissants de sang. Je lui accorde une balle de miséricorde dans le dos.

Soudain, plus de coups de feu. Lentement, prudemment, Henderson et ses hommes vérifient les corps, retirant les armes et cherchant des signes de vie.

« Alistair », murmure Ivy, les yeux écarquillés, sa voix tremblante mais proche, juste à côté de moi.

« Ivy », je grogne, l'émotion rendant ma voix plus grave. Ivy, Ivy, Ivy. Nos corps se heurtent, s'étreignant comme si nos vies en dépendaient. J'embrasse ses joues, son front, ses lèvres, ses larmes. Elle se blottit contre moi, cherchant sécurité et familiarité. Je passe un bras autour d'Alex aussi, et nous nous tenons tous les trois.

Ivy est saine et sauve, et elle a sauvé Alex. C'est tout. C'est tout ce qui compte.

Le laboratoire est silencieux, le chaos réduit à des échos.

Les cadavres de la Bratva jonchent le sol glissant de sang. Mon épaule élance, l'éraflure de la balle comme un feu sourd. Les yeux d'Ivy brillent de soulagement. Henderson s'appuie contre un mur, essuyant la sueur de son front, son visage sinistre se détendant. Il rengaine son pistolet. Nous échangeons des regards soulagés, sachant que nous avons eu beaucoup de chance de survivre. Encore plus de chance d'avoir retrouvé ma famille.

Mes hommes reviennent au compte-gouttes dans le laboratoire. « Pas moyen », dit le chef. « Ils sont dans une pièce renforcée. »

Avant que je puisse répondre, j'entends la voix de Christopher. Je tourne brusquement la tête pour le voir entrer d'un pas nonchalant, un sourire téméraire illuminant son visage, une arme d'assaut automatique en bandoulière. « Je sais que j'arrive tard à la fête », dit-il avec désinvolture, désignant le carnage. « Mais quelle fête ça a dû être ! » Il examine les dégâts, les lèvres pincées, hochant la tête comme s'il était impressionné.

« Mieux vaut tard que jamais », je réponds.

« Nous avons un problème », dit Ariana, entrant derrière lui.

« Ariana ! » je m'exclame, choqué qu'elle soit là. La scène paraît déplacée – une femme enceinte dans ce laboratoire imprégné de violence. Les yeux d'Henderson s'adoucissent quand il la voit.

Je lance un regard noir à Christopher, qui hausse les épaules. « Elle ne m'a pas laissé le choix ! Tu sais comment elle est. Têtue comme tout- »

« Content de te voir aussi, grand frère », me renvoie-t-elle. « Tu pensais que je resterais à la maison avec *Maman* quand tu as demandé l'aide de Christopher ? Tu sais bien que c'est *lui* la responsabilité, non ? »

Je ne sais pas trop quoi répondre. Elle a raison, bien sûr.

Elle met sa main sur sa hanche. « Et puis, qui penses-tu a repéré l'entrée de ce repaire souterrain de super-vilain dealer ? »

« Tu l'as peut-être repérée », réplique Christopher. « Mais c'est moi qui ai trouvé comment entrer. »

Ariana lève les yeux au ciel. — D'où le problème, dit-elle. Chris baisse le regard, un peu moins arrogant maintenant. Quand je la regarde pour avoir une explication, elle fait un geste vers l'entrée par laquelle nous étions tous venus. — GC;PC là-bas a réussi à effondrer notre seule sortie.

— GC;PC ? demande Henderson.

Ariana croise les bras. — Grosses Couilles, Petit Cerveau.

Je me frotte les cheveux avec mes phalanges. — Merde.

Au lieu de s'excuser ou de proposer un plan pour retourner à la surface, mon frère pousse la botte d'un cadavre du pied. — Vous ne recevrez pas de cartes de Noël de cette bande.

Je souffle et regarde Ivy. Alex est silencieux maintenant, évanoui à cause des cris, je suppose.

— Ça va ? je demande à voix basse.

Elle hoche la tête. — Tu es là. C'est suffisant. Elle se penche contre moi, et je l'entoure de mon bras valide. L'horreur du laboratoire s'estompe. Christopher s'affale sur une caisse, fredonnant un air, faux comme toujours. Henderson vérifie son équipement, ses mouvements sont lents. Ça a été une journée difficile.

— Il pourrait y avoir une autre sortie, dit Ivy. Sandringham m'a dit qu'il y a une... fenêtre.

— Je n'y compterais pas trop, répond Ariana. Un seul point d'accès est déjà assez vulnérable. Imagine les touristes découvrant ce labo. Qu'est-ce qu'ils fabriquaient ici, d'ailleurs ? Elle regarde autour d'elle. — On dirait de la meth. Et du fentanyl.

Le grand plan se met en place. Ou s'effondre, selon de quel côté on se place.

— Qu'est-ce que tu veux dire ? demande Christopher.

— C'est la raison pour laquelle ils avaient besoin de la Ligne de Granit, répond-elle. Et la raison pour laquelle ils ont recruté les de Lucas pour s'en emparer.

CHAPITRE 25
Tic, Tic, Tic

IVY

Le sang tache les carreaux, et les corps des Bratva gisent éparpillés comme des mannequins brisés dans un film de science-fiction de série B.

Quelques minutes passent, puis nous l'entendons – un faible *tic, tic, tic*, comme une horloge enfouie dans les murs. Mon dos se raidit. — Qu'est-ce que c'est ? je chuchote.

Christopher cesse de fredonner, son sourire s'effaçant. Il se lève, fusil à la main, les yeux plissés tandis qu'il essaie de localiser la source du bruit.

Ariana pousse une étagère renversée au centre du laboratoire et découvre un conteneur d'acier boulonné au sol, des fils serpentant vers un minuteur digital. Des chiffres rouges brillent : 4:57, 4:56, 4:55. Mon cœur cogne contre mes côtes, la peur m'étouffe.

Christopher la rejoint, sa voix tranchante. — C'est quoi ce bordel ?

Elle lui lance un regard agacé. C'est évident pour tout le monde qu'il s'agit d'une bombe d'autodestruction conçue pour enterrer le laboratoire et détruire les preuves.

Ariana s'agenouille, ses doigts suivant les fils, le front plissé. — C4. Elle lève les yeux vers Alistair avec une peur pure dans le regard.

Christopher jure, faisant les cent pas. — Moins de cinq minutes ? On ne sortira jamais à temps – on est morts.

Ma respiration se bloque. — La fenêtre, je répète. Il y a un rebord.

Alistair regarde le minuteur : 4:29. Il me fait un signe de tête. — C'est notre seule chance. Allons-y.

Ariana est la seule qui ne bouge pas. Elle parcourt rapidement les fournitures de laboratoire, attrapant des fioles. — Je peux fabriquer du TATP, griller les circuits du détonateur.

— Tu *quoi* ? demande Christopher.

Alistair saisit le bras de sa sœur, sa voix ferme. — C'est de la folie, Ari. Tu vas tous nous faire sauter. Nous devons partir *maintenant*.

Le visage de Christopher est tendu. — Il a raison. C'est trop dangereux. Griller les détonateurs risque de faire exploser le C4.

Henderson acquiesce, serrant son pistolet. Je ne l'ai jamais vu aussi désespéré. — Ari, c'est du suicide. S'il te plaît. On vient juste de te retrouver. Quand elle ne le regarde pas, il joue sa dernière carte. — Pense au bébé.

Tête baissée, elle continue à préparer la pâte.

— Ariana ! On n'a pas le temps pour ça ! crie Christopher.

Les larmes me brûlent les yeux. — Ari, s'il te plaît, je supplie, ma voix se brisant. Viens avec nous.

Ariana arrache enfin son attention de son travail, les yeux flamboyants. — Vous ne comprenez pas – la quantité de C4 ici... cette bombe est *énorme*. Même si vous parvenez à sortir sur le rebord à temps, elle vous tuera quand même, ainsi que tout le monde dans un rayon d'un kilomètre. C'est notre seule chance. Elle verse la pâte dans une boîte métallique, la fixant aux fils du détonateur. — Je connais cette bombe. J'ai fabriqué des bombes comme celle-ci. Je peux l'arrêter.

Ma poitrine se serre, la peur et l'espoir se livrant bataille. La voix d'Alistair est rauque. — On y va ensemble.

Elle rencontre son regard, sa voix ferme mais à vif. — Je dois le faire, Alistair. Pour toi, pour eux, dit-elle en faisant un geste vers moi et Alex. Je vais vous acheter autant de temps que possible. Elle regarde de nouveau le minuteur et prépare l'allumage d'une mèche imprégnée d'éthanol. — Allez-y !

Alistair hurle d'angoisse, puis donne un coup de pied dans une armoire renversée. Avec une expression plus sombre que je n'ai jamais vue, il nous conduit vers le corridor, où Mikhail et son fils sont enfermés dans leur chambre forte. Nous atteignons le bureau de Yuri et trouvons l'échelle branlante menant à la mezzanine. Conformément aux dires de Sandringham, nous découvrons une tourelle de fortune avec une fenêtre assez grande pour s'y faufiler.

Un des hommes d'Alistair brise les barreaux rouillés avec la crosse de son arme. Bien que centenaires et corrodés par le vent salin mordant, ils ne cèdent pas facilement. Un autre homme vient l'aider. Cela prend presque une minute, chaque seconde semblant comme du fil barbelé à travers mon corps. Quand le métal corrodé finit par se détacher avec fracas, les hommes nous aident à monter et à sortir. Le rebord nous attend au-delà – un ruban étroit et cruel le long de la falaise, la mer rugissant en contrebas. Mon cœur bondit, mais la main d'Alistair me stabilise, me guidant à travers la fenêtre, Alex toujours solidement attaché à mon dos. Quand j'hésite, Alistair est doux avec moi.

— Tu peux le faire, Ivy, dit-il. Je sais que je peux. Mon courage semble fragile, mais c'est suffisant.

Alistair grimpe à l'extérieur une fois que tout le monde sauf

Henderson est sorti. Quand il tend la main à Henderson, celui-ci ne la prend pas. *Pourquoi attend-il ?*

— Henderson ! crie Alistair. Il n'y a plus de temps !

— Je ne viens pas, dit-il. Continuez sans moi. Vite !

Non !

— Si, tu viens, putain ! hurle Alistair, le corps raidi, les doigts agrippant la paroi. Tu viens. Maintenant !

Henderson secoue la tête, triste mais résolu. — Je reste. Désolé, patron. J'aime Ariana, et je ne vais pas la laisser mourir seule.

CHAPITRE 26
Je la rattraperai toujours

ALISTAIR

Le rebord est un coup de poing dans le ventre, à peine trente centimètres de large, glissant d'embruns et s'effritant sous mes bottes. Ivy est devant, Alex attaché à son dos, seule sa détermination nous permet d'avancer. Mon épaule est une fournaise, l'éraflure de la balle me brûle comme l'enfer, mais je refoule la douleur, ma main stable sur son dos. La mer rugit en contrebas, les vagues s'écrasent contre des rochers qui nous broieront si nous glissons. — Continue, Ivy, je grogne, ma voix rauque mais nette, tranchant à travers le vent. — Pas à pas.

Elle hoche la tête, ses jambes tremblent mais tiennent bon, avançant centimètre par centimètre le long de la falaise froide. Ma poitrine cogne, pas seulement à cause du vide mais aussi à cause des pensées d'Ariana et Henderson, laissés dans ce laboratoire maudit. Le regard féroce d'Ariana est gravé en moi — sa décision de préparer ce TATP, d'affronter la bombe seule. Et Henderson.

C'est insupportable d'y penser. Henderson, qui a été là pour moi chaque minute de ma vie. Je ne peux pas imaginer une vie sans lui. Comment Kuznetsov ose-t-il prendre les vies de ces deux personnes que j'aime si profondément ? La colère et le chagrin montent en moi, luttant avec la terreur du rebord qui s'effrite. Nous devons continuer. Leur sacrifice nous a donné cette chance. Je refuse de la gaspiller.

Christopher est derrière nous, son sourire narquois disparu, le visage blême.

Je ne peux pas parler ; ma gorge est nouée par la dévastation.

Le rebord se rétrécit, forçant Ivy à se coller à la falaise, son souffle se coupant. Une pierre se détache sous sa basket, tombant dans la mer, et elle se fige. J'attrape son bras, ma poigne de fer malgré la douleur.

— Regarde-moi, j'ordonne, verrouillant mon regard dans le sien. Je la presse d'avancer, mais elle est paralysée.

— Tu es plus forte que ça, lui dis-je. Nous n'avons que quelques secondes. — Bouge.

Elle avale sa salive, hoche la tête et continue. Je me concentre sur ceux qui respirent encore, mais le sacrifice d'Ariana — sa lutte pour redevenir une famille — me frappe comme un coup de massue. Le signe de tête ferme de Henderson me brûle le crâne.

Le vent hurle, projetant du sel sur mon visage, piquant comme l'enfer. Mes mains sont à vif, ensanglantées par la roche, mais je m'en fiche. La ferme délabrée est proche ; l'hélicoptère attend.

Tic, tic, tic, résonne dans mon esprit.

Ivy trébuche. Je la rattrape. Je la rattraperai toujours.

Puis le rebord s'élargit, et elle accélère. Christopher glisse, jurant bruyamment — Putain de falaise de merde ! — son fusil cognant contre la roche alors qu'il se rattrape.

La rive est à portée, rochers et sable devant. Ivy dévale la pente, ses chaussures touchant la terre, et s'effondre derrière un rocher, serrant Alex, des larmes traçant des sillons à travers la crasse tandis qu'elle le vérifie — sain et sauf, les yeux grands ouverts mais calmes. Je m'écroule à côté d'elle, les attirant contre moi, ma respiration saccadée et mon épaule hurlant de douleur.

— Bougez ! je rugis. Nous sprintons à travers le sable, mes jambes brûlantes, le chagrin et la rage alimentant chaque pas. La porte de l'hélicoptère est grande ouverte, les pales bourdonnant alors que le pilote de Brodie nous repère. Je pousse Ivy et Alex à l'intérieur, Christopher s'entassant, suivi par le reste des hommes — dix au total, trop nombreux. C'est serré, les corps entassés, l'équipement raclant, l'hélicoptère gémissant sous le poids. — Dégage-nous juste de là ! je lance au pilote, claquant la porte. Il pousse les moteurs, la machine s'élançant vers le haut, peinant mais grimpant, le sol s'éloignant dans le soleil aveuglant.

J'aide Ivy à détacher Alex de son dos pour qu'elle puisse s'asseoir. Le bébé est si épuisé par le traumatisme qu'il ne peut pas se tenir droit. Ivy tend les bras vers lui, et l'hélicoptère vire brusquement alors que nous entendons une déflagration assourdissante.

Mon cœur s'arrête.

En bas, le laboratoire explose. Une boule de feu déchire la journée, l'onde de choc secouant l'hélicoptère, les flammes engloutissant le bunker dans un rugissement assourdissant. Les visages d'Ariana et Henderson traversent mon esprit — ses yeux féroces, son signe de tête ferme. L'enfer est une fin brutale à leur résistance.

Mais avant que je puisse respirer, une seconde explosion — plus grande, monstrueuse — déchire l'île.

Ivy crie, déchirée par le chagrin. Le sol se soulève, une vague aveuglante de feu et de débris jaillit vers le ciel avec une force apocalyptique. L'hélicoptère tangue, le pilote jurant alors qu'il lutte pour garder le cap, l'air épais de fumée et de chaleur.

Mikhail et Yuri ont disparu. C'est certain. Aucune salle sécurisée, peu importe son niveau de fortification, n'aurait pu survivre à cela. Les Russes sont réduits en cendres, leurs plans anéantis avec le laboratoire. Mais Ariana et Henderson aussi. Mes poings se serrent, les ongles s'enfonçant dans mes paumes, le chagrin et la fureur m'étouffant.

La main d'Ivy serre la mienne, ses larmes silencieuses, Alex blotti entre nous. Christopher fixe par la fenêtre, son visage comme du granit, la lumière du soleil se reflétant sur sa mâchoire serrée. L'île n'est maintenant qu'un cratère fumant, une fumée noire polluant le ciel clair. Nous sommes en vol, l'hélicoptère peinant mais tenant bon, nous emportant loin du danger. Ivy se penche vers moi et sanglote contre ma poitrine. Je la caresse, mais je n'ai pas de mots. Mes épaules sont des pierres tombales.

CHAPITRE 27
Cocktail Molotov

IVY

Je sanglote contre la poitrine d'Alistair, mes larmes trempent sa chemise, Alex serré entre nous, sa petite chaleur étant la seule chose qui m'empêche de m'effondrer complètement. Le bourdonnement de l'hélicoptère vibre à travers moi, une bouée de sauvetage que je sens à peine ; l'air à l'intérieur est étouffant avec dix personnes entassées. Les bras d'Alistair sont fermes, son épaule ensanglantée, mais son étreinte se resserre, me soutenant alors que le chagrin me déchire. Ariana et Henderson ont disparu, perdus dans ce laboratoire maudit, et la culpabilité est un poing autour de mon cœur.

La respiration d'Alistair est saccadée, sa douleur aussi vive que la mienne, mais il ne parle pas — il nous tient simplement. Christopher est assis à proximité, son fusil sur les genoux, les yeux scrutant la mer à travers la fenêtre de l'hélicoptère comme s'il poursuivait des fantômes. Le soleil filtre à travers un ciel clair mais frais, sa lumière faible mais assez vive pour me piquer les yeux. Puis je le vois — le hors-bord fendant les vagues, filant vers la côte en contrebas. Mon souffle se coupe ; l'espoir est une étincelle fragile que j'ai peur de toucher. C'est trop loin pour voir qui est à bord, juste deux silhouettes, sombres contre l'eau scintillante.

Mikhail et Yuri, ou Ari et Henderson ?

— Alistair, chuchoté-je, ma voix tremblante en pointant du doigt. Il se penche en avant, sa main se crispant sur mon épaule, les yeux plissés.

— Atterrissez ! ordonne-t-il au pilote.

L'hélicoptère descend, atterrissant brutalement sur le rivage, les galets crissant alors que nous trébuchons à l'extérieur. Alex gémit, les yeux écarquillés, et je le serre plus fort, mon cœur battant la chamade. Le hors-bord dérape sur la rive, projetant de l'écume, et mes jambes fléchissent presque quand je les vois — Ariana et Henderson, vivants. Ariana saute du bateau, son visage maculé, ses yeux brillant de ce feu féroce désormais familier. Henderson suit, boitant mais stable, son pistolet dans son étui. Je cours vers eux, Alex dans mes bras, les larmes ruisselant sur mon visage, un sanglot s'échappant de mes lèvres.

— Vous êtes vivants, articulé-je difficilement en me jetant dans les bras d'Ariana. Alistair nous rejoint, les yeux humides, le souffle tremblant. Christopher rit, rude et soulagé. — Bon sang, vous deux êtes impossibles à tuer.

C'est vrai. C'est la deuxième fois qu'Ariana revient d'entre les morts.

— Comment ? demandé-je, ma voix se brisant, désespérée de savoir.

— Parce qu'Ari est un génie, voilà pourquoi, répond Henderson, souriant.

Le regard d'Ariana se durcit, sa voix ferme mais fatiguée. — J'ai désactivé le détonateur et arrêté la bombe suffisamment longtemps pour que vous puissiez sortir. Mais le système de sécurité s'est déclenché. Mon astuce nous a seulement donné quelques minutes supplémentaires, mais c'était assez de temps pour nous échapper. Trouver le bateau.

Henderson rayonne de fierté. — Plus une petite bombe artisanale pour compromettre la porte derrière laquelle se trouvaient les Kuznetsov.

— Vous avez fait quoi ? demande Christopher, se tenant les cheveux.

— Phosphore rouge et acétone, dit Ariana. Mèche en chiffon.

Christopher sautille sur place, enjoué. — Oh, c'est bon. Oh, c'est tellement bon. Niveau génie. Vous avez pratiquement fabriqué un énorme cocktail Molotov pour tuer les Soviétiques.

Je n'ai jamais vu le sourire d'Henderson aussi large.

— C'était pour compromettre le joint de la porte de la salle sécurisée avant l'événement principal. Elle jette un coup d'œil à l'île fumante, la mâchoire serrée. — Aucune porte n'aurait pu résister à ça. Ils sont morts.

Le soulagement m'envahit complètement. Je la serre fort et sens le petit renflement de son ventre contre le mien. Elle me rend l'étreinte et touche la tête d'Alex.

— Bienvenue à nouveau dans la famille, dit Alistair, et Ariana affiche un sourire sincère pour la première fois depuis que je la connais.

CHAPITRE 28
Prenez une chambre

ALISTAIR

Je me tourne vers Ivy et je la contemple.

— On a survécu, dit-elle en berçant Alex.

Je la serre contre moi et l'embrasse sur la tête.

— En effet.

— Oh, prenez une chambre, lance Christopher d'un ton sarcastique, retrouvant son caractère provocateur.

Je ne quitte pas Ivy des yeux.

— C'est bien mon intention.

Elle doit entendre la rudesse dans ma voix parce que je vois quelque chose dans son regard quand elle me regarde à travers ses cils. Quelque chose de délicieux.

— Sérieusement ? demande mon frère. Tu ne rentres pas avec nous ?

— La maison peut attendre, dis-je. Ivy esquisse un léger sourire complice.

Ariana me regarde, puis regarde Ivy, puis Alex. Elle comprend l'allusion.

— Je vais prendre le bébé.

Ivy fronce les sourcils, hésitante. Elle serre Alex un peu

plus fort, partagée entre différentes émotions. Elle ne veut pas le lâcher.

— Il ira bien, dit Ariana en ouvrant les bras.

Des sirènes retentissent au loin. Ce qui reste de l'île de Cramond fume encore.

Les yeux d'Ivy s'écarquillent.

— Il a besoin d'un biberon. Il n'a pas mangé depuis des heures. Et il faut le changer.

Ariana laisse échapper un souffle amusé.

— Ne t'inquiète pas, je peux gérer ça. Ce n'est pas sorcier. En plus, ajoute-t-elle en tapotant son ventre, j'ai besoin de m'entraîner.

Je lui confie Alex, qui est tellement épuisé et affamé qu'il s'affaisse contre elle. Ariana le serre dans ses bras, et son regard s'adoucit. Elle change sous nos yeux — se transformant de l'ennemie en colère et hérissée en la sœur que j'ai connue et aimée toute ma vie, même quand nous pensions qu'elle avait disparu.

Henderson la regarde avec des yeux amoureux. Il est complètement fou d'elle, c'est ridicule. Il me rappelle, eh bien, moi-même.

— Tu restes ici ? me demande-t-il.

— À Édimbourg, je réponds. Je n'ai pas besoin de ta protection ce soir.

— Tu en es sûr ? plaisante Ivy, et mon sexe tressaille.

— Je serai la troisième roue du carrosse pour vous deux, alors, dit Christopher à Henderson et Ariana.

— Quelle chance pour nous, renifle Ari en levant les yeux au ciel.

Nous les saluons de la main tandis qu'ils s'envolent dans l'hélicoptère, le sable de la plage soulevé par les pales vibrantes nous piquant alors que nous nous retournons et courons. Je me sens si léger — plus léger que je ne l'ai été depuis des semaines. Avec Ivy et Alex en sécurité et les Kuznetsov morts, je plane de soulagement. Tellement soulagé que je pourrais m'envoler si ce n'était pas pour la paume d'Ivy dans la mienne. Sa peau chaude me garde ancré, promettant des sensations terrestres pour lesquelles je veux rester au sol.

Nous nous abritons derrière un bâtiment portuaire délabré, à l'abri du sable tourbillonnant, et nous rions sans raison. Elle est si belle, si éthérée et féminine — tout ce qui m'a manqué depuis son départ. Je la pousse contre le mur moussu et l'embrasse tendrement. Ses os des hanches sont plus saillants que d'habitude, ses côtes plus apparentes.

— Je vais te nourrir, lui dis-je. Je vais prendre soin de toi. Je m'assurerai que tu as tout ce dont tu as besoin. Toujours.

Tandis que le rire s'estompe, les yeux d'Ivy se remplissent de larmes.

— Mon Dieu, je t'aime.

Elle secoue la tête, comme si elle n'arrive pas tout à fait à y croire. N'arrive pas à croire qu'elle est en sécurité ? N'arrive pas à croire que nous sommes de nouveau ensemble ?

— Tu m'as presque tué, lui dis-je. Ne me quitte plus jamais.

— Je ne te quittais pas. Je ne t'ai jamais quitté, répond-elle, ses yeux reflétant des émotions complexes. Mais je devais arranger les choses.

— Ce n'était pas à toi de le faire, je réponds.

— J'étais la seule à pouvoir le faire. Tu le sais.

Je ne lui parlerai pas de Becks. Pas encore. Elle a déjà traversé tant d'épreuves.

— Oui, je concède. Tu étais la seule. Tu es la seule raison pour laquelle nous avons récupéré Alex.

— C'était un effort d'équipe, sourit-elle. Ari était incroyable, tu ne trouves pas ?

Je passe ma main dans mes cheveux, secouant la tête.

— Incroyable. Je suis entouré des femmes les plus courageuses.

Ma mère avait été la force originelle de notre famille. La matriarche des matriarches — une combinaison déstabilisante et dévastatrice de reine, tueuse et manipulatrice. Parfois, je me demande si elle serait devenue la dirigeante de la famille même si Père n'avait pas eu sa dépression. Je suppose que nous ne le saurons jamais.

Il est clair que son sang coule dans les veines d'Ariana. Ari, élevée dans la mafia de Manchester, qui semble n'avoir peur de rien et qui sait comment fabriquer une bombe artisanale à partir de fournitures trouvées dans un laboratoire de méthamphétamine souterrain — sous-marin ?

Et Ivy.

Ivy.

Magnifique, divine, courageuse Ivy. Il est impossible d'aimer une femme davantage. J'ai détesté qu'elle risque sa vie ; j'ai détesté l'imprudence dont elle a fait preuve dans sa tentative désespérée de retrouver Alex. Cela m'a presque rendu fou de savoir qu'elle a ressenti le besoin de tout risquer pour trouver ce que je ne pouvais pas. Mais maintenant je l'ai de nouveau dans mes bras, le monde revient sur son axe, mon cœur n'est plus fragile.

Je porte sa main à mes lèvres et l'embrasse.

— Tu portes toujours ta bague.

Elle rit.

— Bien sûr.

Ma poitrine se dilate.

— J'aimerais t'épouser maintenant, putain.

— Moi aussi, murmure-t-elle. Mais il y a une chose que j'aimerais encore plus.

Ce n'est pas normal, mais il me faut une seconde pour comprendre ce qu'elle dit. Je hausse les sourcils.

— Un hôtel ?

CHAPITRE 29
Douée avec les chiffres

IVY

Nous hélons un taxi et roulons vers Édimbourg. Je garde mes mains sur Alistair, réticente à le lâcher. Sa présence constante est exactement ce dont j'ai besoin pour me sentir en sécurité — un sentiment qui m'a terriblement manqué.

Mon estomac gronde, me rappelant que je n'ai pas mangé depuis ce qui me semble une éternité. Le temps me paraît abstrait maintenant, alors je ne suis pas certaine de combien de temps s'est écoulé.

Alistair sourit. — Tu as l'air aussi affamée que je me sens.

— Plus affamée encore, j'en suis sûre, je réponds.

— Alors nous ferons un détour pour un dîner précoce.

Nooooon, je pense. Pas de détour. Je veux Alistair plus que n'importe quel repas imaginable, et je le lui dis.

— Ce que tu ne comprends pas, murmure-t-il à mon oreille, c'est que nous aurons besoin de forces pour tenir ce soir. J'ai tellement de choses prévues.

Mon bassin se réchauffe, et je me tortille sur mon siège. — Prévues ?

— Vaguement prévues. Je serai flexible. Mais une chose est garantie : nous aurons tous les deux besoin d'énergie.

Je sens une légère rougeur monter dans mon cou. — J'aimerais en savoir plus sur ce... plan.

— Oh, non, dit Alistair en secouant la tête. Tout ce que tu dois savoir, c'est que nous ne quitterons pas cette chambre d'hôtel pendant vingt-quatre heures.

Honnêtement, ça sonne comme un pur bonheur. C'est *exactement* ce dont j'ai besoin.

— Mais d'abord : manger.

Personnellement, je suis désespérée d'arriver à la chambre d'hôtel. — Tu connais le service en chambre, non ?

La première fois que j'ai utilisé le service en chambre, c'était dans le penthouse du Raven, où Alistair m'avait installée lors de notre première rencontre. C'était une nuit de nombreuses premières fois.

— Il y aura plein d'occasions pour le service en chambre, dit-il, puisque nous ne quitterons pas notre chambre. Mais d'abord, un bon restaurant. J'ai envie de te gâter.

— Tu n'as pas besoin d'un restaurant pour me gâter, dis-je en lui faisant un clin d'œil.

Alistair laisse échapper un grognement sourd et ajuste sa position. — Tu n'as aucune idée de ce que je vais te faire. Crois-moi, tu seras contente d'avoir de l'énergie.

— D'accord, très bien, je cède. Ce sera merveilleux d'être gâtée.

— Ah... juste pour être clair, dit-il, pour gérer tes attentes — par *gâter*, je veux dire vraiment gâter. Je ne t'emmène pas dans un de ces restaurants que tu aimes qui servent des restes pour sauver la planète.

J'éclate de rire. Honnêtement, je serais partante pour manger des restes. J'ai tellement faim que j'envisagerais de manger un hot-dog ramassé sur le trottoir, mais s'il y a bien un moment pour fréquenter un restaurant de grand luxe, c'est maintenant. Nous avons survécu. Nous avons récupéré Ariana et Alex, et nous allons nous marier. Nous avons tant à célébrer.

— D'accord, dis-je en traçant du bout de mon index la couture intérieure de son pantalon. Je marche. Faisons dans le luxe. Voyons les choses en grand. Je suis prête.

— Et ton empreinte carbone ?

— Au diable mon empreinte carbone, dis-je. Quand je vois l'expression choquée d'Alistair, je glousse. — Juste pour aujourd'hui. Ne te fais pas d'illusions. Je n'ai pas l'intention de prendre l'habitude de faire bouillir la planète. Aujourd'hui, c'est différent.

Amusé, les yeux d'Alistair se plissent. — En quoi ?

— Eh bien, si Ari a le droit de voyager en jet privé puis de faire exploser une île, je pense que j'ai droit à un dîner sophistiqué.

— Vraiment ? demande-t-il. C'est comme ça que ça marche ?

Je ris. — Non. Ce n'est pas du tout comme ça que ça marche. Mais je compenserai les dégâts avec ma fondation Ravenscroft, d'accord ?

Alistair cligne des yeux. — J'avais complètement oublié ça, avec tout ce qui s'est passé.

Je dois avoir l'air déconfite car il s'empresse de me rassurer : — Mais c'est toujours d'actualité. Absolument. Une équipe travaille en coulisse, prête à suivre tes instructions.

— Une équipe ? dis-je, incrédule.

— Une équipe, confirme-t-il. Des avocats, des comptables, quelques assistants. Et un compte bancaire. Bien sûr, tu feras tes propres recrutements. C'est juste pour te permettre de démarrer sur de bonnes bases.

Je le fixe. Ça semble irréel.

— Même un designer qui attend ton brief. Il aura besoin d'un nom pour la fondation avant de pouvoir commencer à travailler sur l'identité de marque.

— Comme un logo ?

— Oui, comme un logo. Ensuite, nous pourrons passer aux actifs numériques.

Je continue à le regarder en clignant des yeux.

— Désolé, dit-il en riant à nouveau. Je suppose que ce n'est pas le moment approprié pour parler affaires.

— Oh, c'est tout à fait approprié, je réplique. C'est même très approprié. C'est la chose la plus excitante. J'ai hâte.

— Ne laisse pas Mère t'entendre dire ça.

— Quoi ? Pourquoi ?

— Parce qu'à ses yeux, la chose la plus importante, c'est le...

— Mariage, je termine sa phrase. Bien sûr.

— Tu n'as pas oublié le mariage, n'est-ce pas ? me taquine-t-il.

— J'ai tout oublié, j'avoue. Absolument tout. Sauf toi.

Nous nous embrassons, et à nouveau c'est tendre, pas comme notre étreinte habituelle profonde et urgente. Il y aura du temps pour ça.

— Alors il y a beaucoup à réfléchir, dis-je. Beaucoup à discuter.

— Mais d'abord, notre déjeuner destructeur de planète.

— Miam, je plaisante.

— Et ensuite notre séjour éthiquement déviant dans un établissement luxueux totalement irresponsable.

— Je vais comptabiliser le carbone que nous brûlons et le compenser pour le climat grâce à la nouvelle fondation.

— Alors c'est comme ça que ça marche, dit Alistair.

— Qu'est-ce que tu veux dire ?

— Depuis que je t'ai rencontrée — depuis que je suis tombé

amoureux de toi — je me suis demandé comment ça fonctionnerait entre nous.

—Tu essaies de comprendre le trope des ennemis qui deviennent amants ? je demande. L'activiste climatique suprêmement naïve contre le grand méchant milliardaire ?

—La négociation des limites autres que celles dans notre chambre à coucher.

—Ah.

—Je voyais beaucoup de conflits potentiels dans notre avenir.

Bien sûr qu'il en voyait. C'était la différence la plus flagrante dans notre façon de voir le monde, quelque chose que nous pensions tous deux être constamment difficile à naviguer.

—Et maintenant ? je demande.

—Maintenant je vois que t'avoir rencontrée ce jour-là à la manifestation...

—Rencontrée ? Je ris. Plutôt kidnappée.

—Kidnappée ? il ricane. Plutôt sauvé ta vie. Je t'ai sauvée d'être écrasée par la foule de hippies.

Je glousse. —Tellement dangereux, ces vieux hippies. Honnêtement, c'est un miracle que j'aie survécu.

—Exactement, acquiesce-t-il. Je ne dis pas que tu me dois ta vie... mais tu me dois pratiquement ta vie.

—Vraiment ? je dis. Et comment suggères-tu que je te rembourse ? Je n'aime pas avoir des dettes.

—Oh, ne t'inquiète pas pour ça, murmure-t-il. J'ai plein d'idées.

—Vraiment ?

Il hausse les sourcils d'un air suggestif. —Vraiment.

—Je suis curieuse, dis-je, continuant à caresser l'intérieur de sa cuisse. C'est délicat de quantifier le sauvetage d'une vie. Mais tu dois être bon avec les chiffres, étant milliardaire et tout.

—Oui, grogne-t-il. Il se trouve que je suis bon avec les chiffres. Qu'est-ce que tu voudrais savoir ?

Je réprime mon sourire. —Je ne sais pas. Combien de fellations faudrait-il pour que nous soyons quittes ?

CHAPITRE 30

Trop

ALISTAIR

Nous arrivons au magnifique restaurant après un arrêt rapide pour acheter des vêtements qui ne sont ni déchirés, ni sales, ni des blouses de laboratoire. Nous dépensons suffisamment d'argent pour nous assurer qu'ils ne verront pas d'inconvénient à ce que nous utilisions leurs installations pour nous changer et nous rafraîchir, et nous sortons des vestiaires en nous sentant comme de véritables êtres humains. C'est le restaurant le plus cher d'Édimbourg, mais le luxe n'est pas excessif.

Après un mot rapide avec le maître d'hôtel, nous sommes conduits à ce qu'il nous assure être la meilleure table de l'établissement. Vu le coût du repas ici, je suis certain que chaque client entend la même chose. Je commande de l'eau, dont nous avons tous deux désespérément besoin, et la meilleure bouteille de champagne du menu. Le sommelier arrive et l'ouvre avec élégance.

— Ah, du champagne, dit Ivy d'un air rêveur. Ça me rappelle des souvenirs.

Je sens à nouveau cette tension dans mon pantalon. — Putain, Ivy, je murmure. Tu sais comment me rendre fou.

Elle me lance un regard sensuel. — Je t'avais dit qu'on aurait dû commander le service en chambre. Je pourrais te faire une fellation au champagne en ce moment même.

Je sens des étincelles à la base de ma colonne vertébrale. Je lui souris en secouant la tête. Incorrigible, comme toujours.

— Il faut qu'on arrête de parler de sexe, je lui dis. Sinon je ne tiendrai pas jusqu'à la fin du repas.

— Défi accepté, sourit-elle. Voyons combien de temps il te faudra pour demander l'addition.

— Je n'aurais pas dû te laisser boire l'estomac vide, je dis. Tu es incontrôlable.

Ivy rit et remonte mon mollet avec son pied. — Si tu penses que *ça*, c'est incontrôlable...

Elle a enlevé sa chaussure, et son pied chaud se glisse entre mes jambes. C'est agréable, mis à part la pression de mon érection contre le tissu de mon jean.

— Tu as faim à quel point ? je demande.

— Je pourrais dévorer un cheval, répond-elle. Y a-t-il des chevaux au menu ?

— Tu as changé, je la taquine. Tes amis yogis véganes seraient horrifiés.

— Ah, ce sont tous des hypocrites de toute façon, dit-elle. Ils boivent du lait d'amande et volent vers l'Inde une fois par an pour leurs retraites dans des ashrams. Leurs empreintes carbone leur vaudront une réincarnation en insectes dans leurs prochaines vies.

— Dois-je te commander un filet équin, alors ? Ou quelque chose d'autre d'horrifiant ? Pas de limites morales ?

Elle réfléchit un instant. — D'accord, je m'en fiche, dit-elle. Vas-y. À part le veau et le foie gras, évidemment.

— Évidemment, je confirme, parcourant le menu à la

recherche d'une alternative à l'entrée de foie gras que j'avais en tête. Je finis par commander une douzaine d'huîtres, des sushis de crabe à carapace molle, du saumon fumé à froid avec de la crème fraîche et du caviar de béluga.

— Est-ce que le béluga est un *va te faire foutre* adressé aux Russes ? demande-t-elle.

— Je n'y avais pas pensé, je réponds. Mais maintenant, c'en est certainement un. Je prends une généreuse bouchée et savoure les éclatements de gel salé. Absolument délicieux.

— Oh. Mon. Dieu, gémit Ivy en s'attaquant au saumon.

— Ça fond dans la bouche, n'est-ce pas ? je dis.

Elle hoche la tête, la bouche trop pleine pour répondre.

Les huîtres ont le goût de l'océan, et les sushis offrent un excellent coup de soja et de wasabi, avec des graines de sésame noir pour le croquant.

— C'est génial, dit Ivy en me regardant manger.

— Le meilleur restaurant d'Édimbourg, je réponds.

— Je ne parle pas de la nourriture. Je parle de te voir manger comme ça. Savourer. D'habitude, tu es trop gâté pour vraiment apprécier la nourriture.

— Quoi ? Ce n'est pas vrai.

— C'est totalement vrai. Je ne crois pas t'avoir déjà vu dévorer de la nourriture comme ça. J'adore. J'adore voir tes pupilles se dilater comme si tu...

— Oui ?

— Enfin, tu vois ce que je veux dire.

— Vraiment ? Élabore, s'il te plaît.

Elle se penche en avant et chuchote pour que personne d'autre ne puisse l'entendre. — Comme si j'avais ta bite dans ma main.

Je manque de m'étouffer avec le saumon. — Bon sang, Ivy. Tu ne peux pas dire des choses comme ça en public.

— Ah non ? demande-t-elle en se redressant et en me faisant un clin d'œil.

Le plat suivant est tout aussi délectable : du bar. Je me détends après ce qu'Ivy a dit et lui laisse voir que j'apprécie chaque bouchée succulente. Je me rends compte qu'elle a raison. Je considère la nourriture comme du carburant, un inconvénient nécessaire mais agréable. Alors maintenant, je ralentis et essaie d'apprécier chaque bouchée. Le plat a meilleur goût à mesure que je reconnais les couches de saveur, la profondeur. Mon Dieu, c'est bon.

Ivy, mâchant avec délectation, me regarde avaler. — L'abandon est agréable, n'est-ce pas ?

Est-ce ce que je faisais ? Je n'en suis pas sûr. — Tu devrais le savoir mieux que moi.

— C'est mon truc préféré, dit-elle en bougeant son pied contre moi, me rendant plus dur.

J'avale difficilement. Putain. Elle n'a aucune idée.

— Tu n'as aucune idée, je lui dis. De ce que j'ai envie de te faire.

Ivy hausse un sourcil. — Vraiment ? Parce que je pense en avoir une vague idée.

— Aussi incroyable que soit cette nourriture, je pense que tu avais raison. Nous aurions dû aller directement à l'hôtel et commander le service en chambre.

Elle rit et vide son verre. Je le remplis avant que le serveur ne s'en aperçoive. — Non, tu avais raison. C'est fantastique, et nous avons beaucoup de choses à nous dire.

— Parler ? je me moque. Parler peut attendre.

Ivy secoue la tête. — Sérieusement. Il y a des choses que nous devons digérer. Il s'est passé beaucoup de choses depuis notre dernière rencontre.

C'était vrai, mais cela ne rendait pas l'idée attrayante.

Ivy me prend la main. — Nous devons parler de ce qui s'est passé.

— Je sais exactement comment traiter ce qui s'est passé, je réponds. Cela implique toi et moi dans une chambre d'hôtel de luxe.

Elle se mord la lèvre, essayant de ne pas sourire. — Je sais que c'est comme ça qu'on fait d'habitude.

— Et ça marche généralement, n'est-ce pas ?

Elle me lance un regard particulièrement coquin. — Il n'y a pas un traumatisme que j'ai eu que tu n'as pas réussi à guérir avec ton magique-

Le serveur revient pour débarrasser les assiettes, mais je peux deviner ce qu'elle allait dire. — Alors c'est réglé. Nous prendrons le plat principal et le dessert, puis filerons à l'hôtel pour une séance de traitement de traumatisme.

— Commençons tout de suite, dit Ivy. Autant ne pas perdre de temps. À moins que tu n'aies quelque chose d'autre dont tu meurs d'envie de parler ?

Je soupire et lui serre la main, puis me cale contre le dossier et vide ma flûte. Je commanderai du vin rouge pour le plat principal – une Syrah corsée. Elle s'accordera bien avec le-

Ivy me donne un coup à mon endroit le plus sensible. — Alistair ?

Je prends une respiration. — Il y en a trop.

— Trop ?

— Trop à dire. Trop à demander. Je jette un coup d'œil à sa pommette meurtrie et détourne rapidement le regard, mais elle me surprend.

— Dmitri n'a pas posé ses mains sur moi, si c'est ce qui t'inquiète le plus.

— Ce n'est pas ce que ça semble indiquer.

— Ça ? dit-elle légèrement, touchant son bleu. C'était juste

de la légitime défense. Vraiment, ce n'était rien. J'ai connu bien pire.

Mes mains se crispent en poings. — Ce qui m'inquiète le plus, c'est qu'il ait blessé la femme que j'aime.

— Honnêtement, Alistair, ce n'était pas grave. Je m'en suis occupée. Je ne suis pas une princesse fragile dans une tour d'ivoire.

— Je sais, je réponds. Je sais, je sais. Mais te voir blessée comme ça, *encore une fois,* sous ma responsabilité... je ne le supporte pas. Ça rend chaque partie de moi

électrique

de fureur.

— Mais tu *étais* là, dit-elle doucement. Tu m'as sauvée de Jeff, et tu m'as sauvée de Dmitri. Elle reprend ma main et déplie mes doigts. Plus de poings. Paume contre paume. — Tu m'as sauvée, Alistair. Et tu as sauvé Alex.

— Je n'étais pas là quand tu avais besoin de moi.

— Tu étais là quand j'en avais le plus besoin.

Je détourne le regard, angoissé. — Je ne suis pas sûr que ce soit suffisant.

— C'est suffisant pour moi, dit-elle. Comme je ne la regarde pas, elle serre ma main plus fermement, et son expression se durcit. — Tu crois que je me soucie d'un putain de *bleu* ? Tu crois que je me soucie d'une chemise déchirée ?

Je voudrais détourner le regard à nouveau, mais je me force à la regarder dans les yeux. C'est le minimum que je puisse faire.

— Moi, je me soucie d'un putain de bleu, dis-je, ma voix comme du gravier. Je me soucie d'une chemise déchirée. Je me soucie de ce qui aurait pu se passer. Je me soucie que quelqu'un t'ait blessée et que je n'étais pas là pour te protéger.

— Nous avons dépassé tout ça maintenant, dit-elle. Tu ne

vois pas ? Nous avons dépassé les petites choses, les choses sans conséquence.

— Que quelqu'un te blesse n'est *pas* sans conséquence.

— Si, putain, ça l'est, dit-elle entre ses dents serrées. Aujourd'hui, nous avons récupéré nos vies. Nous avons récupéré Alex. C'est tout ce qui compte.

J'avale difficilement. — Mais à quel prix ?

Ivy me regarde avec tant d'affection que c'en est presque insupportable. C'est comme si une vague de chaleur me traversait.

— À quel prix ? Je ne connais pas le prix. Tout ce que je sais, c'est que ça en valait la peine.

Les larmes me piquent les yeux. Ce n'est pas une sensation à laquelle je suis habitué. Je les refoule. — Je ne supporte pas, dis-je. Je ne supporte pas à quel point je t'aime. C'est trop.

Les yeux d'Ivy sont également humides. — Oui, acquiesce-t-elle. C'est trop. C'est l'amour d'une vie. Et si nous sommes assez courageux, nous y survivrons.

CHAPITRE 31
Besoins sauvages

IVY

Je n'ai jamais vu Alistair avoir les larmes aux yeux avant. Je savais que je faisais quelque chose de terrible en partant, mais j'étais aveuglée par un chagrin et une culpabilité accablants, ainsi qu'un désir urgent de rédemption. J'étais ivre, dévastée et désespérée. Je ne voyais pas d'autre issue.

— Je suis désolée, dis-je. Je suis vraiment désolée.

— Tu as failli me tuer. C'est ce que j'ai ressenti. Si quelque chose t'était arrivé...

— Je sais. Je sais. Je suis tellement désolée.

Il avale sa salive. — Mais regarde ce que tu as accompli. Nous avons récupéré notre bébé.

— Alex et moi serions encore dans ce laboratoire si ce n'était pas pour toi. Comment nous as-tu trouvés ?

— Oh merde, je dois appeler Brodie. Non, je lui dois une augmentation. Peut-être même une voiture de sport de luxe.

— Je vote pour la voiture de sport parce qu'il n'a pas encore terminé.

Alistair me regarde. — Comment peut-il ne pas avoir terminé ?

— Nous devons retrouver la sœur de Sandringham.

Il a l'air consterné. — Après ce qu'elle a fait ? Nous tromper quand nous étions au plus vulnérables ? Te livrer à une mort presque certaine ?

Je fronce les sourcils. — Tu sais bien que la lame de Yuri m'était destinée, non ?

Il secoue la tête. — Typique. Il semble plus amusé qu'agacé. — Il n'y a que toi pour pardonner à quelqu'un comme ça.

— Ce n'était pas son choix de travailler pour la bratva.

— Bien sûr que si.

— Ils ont pris sa sœur, dis-je. Elle faisait ce qu'il fallait pour la récupérer.

Comme il ne répond pas, j'insiste. — Tu ferais pareil pour Ariana.

Ça le fait réfléchir. Il prend une gorgée et croise les bras, mettant en valeur ses muscles. — D'accord.

Je me redresse sur ma chaise. — D'accord ?

— D'accord. Je vais briefer Brodie.

La tension quitte mon corps. Si quelqu'un peut retrouver Emma, ce sera Brodie. — Merci.

Alistair retrouve ce regard affamé. — Je t'en prie.

J'appuie plus fort avec mon pied et je vois le muscle de sa mâchoire tressaillir. — Je suis sûre que je trouverai un moyen de te rendre la pareille.

Ses lèvres esquissent un sourire, et il y a un léger grognement dans sa voix. — Maintenant c'est moi qui regrette qu'on ne soit pas allés directement à l'hôtel.

— Plus on repousse, plus ce sera intense, dis-je, en lui offrant ce que j'espère être un sourire sensuel.

Ses yeux me transpercent. — Je n'ai pas besoin que ce soit plus intense. J'ai besoin que ce soit maintenant.

— On pourrait retourner aux cabines d'essayage du magasin, dis-je, me rappelant les paroles d'une chanson de sa playlist de chambre – où une femme faisait des choses indécentes exactement à cet endroit.

— Hmm, dit-il. Tentant.

Alistair commande du vin, et nous nous attaquons à un steak de wagyu avec une sauce à la crème de porcini et truffe. C'est absolument délicieux.

— Il y a quelque chose que je dois te dire, annonce-t-il. Ce n'est pas une bonne nouvelle.

Mon estomac se serre. Je commençais à me réhabituer à me sentir légère et heureuse. Je cligne des yeux, lui faisant signe de continuer avec appréhension.

— C'est à propos de Rebecca.

— Becks ? Mes entrailles se contractent. — Quoi ?

Il prend un moment pour répondre, cherchant peut-être les mots justes. Ils ont visiblement été en contact. Lui a-t-elle dit que c'était fini entre nous et que je ne devais plus jamais la contacter ? Est-elle allée voir la police pour révéler tout ce qu'elle savait sur les Ravenscroft ? Merde. Je ne veux pas savoir, mais je ne supporte pas de ne pas savoir.

— Alors, tout d'abord, elle va... bien.

— Eh bien, ça n'a pas l'air bon. Pourquoi n'irait-elle pas bien ? Que s'est-il passé ?

Il inspire profondément et prend ma main. — Ce salaud. Noah.

— Quoi ? Je crie pratiquement.

— Elle portait ta veste.

Je n'arrive plus à respirer. — Non, murmuré-je, non, non, non.

— Elle a dit que Noah... *Brovic*... détestait les situations non résolues. Je ne sais pas s'il essayait de te tuer, toi, ou elle, mais elle a pu se défendre. Il est mort.

Je n'arrive pas à respirer. — Et Becks ?

— À l'hôpital. Elle va bien. Ils avaient tous les deux des armes. Lui est mort.

Je ferme les yeux un instant, laissant l'information faire son chemin. Comme elle l'avait prédit, la violence l'avait rattrapée. À cause de moi. À cause de la personne que j'ai choisie d'aimer. Parce que quand elle a tourné le dos à tout ça, je n'ai pas pu la laisser partir.

— Arrête, dit-il. Arrête de te blâmer.

— Bien sûr que je vais me blâmer.

— Ça n'aide pas. Elle va bien.

— Elle va *bien* ? Ma meilleure amie s'est fait putain de *tirer* dessus et je suis assise ici à manger du putain de caviar !

Les clients à côté de nous se retournent, alors je baisse la voix. — Je pensais que tout le monde allait bien. Je pensais que tout allait s'arranger.

— C'est le cas, assure Alistair. Ça va l'être. Tu verras. Becks va bien. Maintenant que Mikhail n'est plus là, les choses peuvent revenir à la normale.

Mon cœur souffre. — Est-ce possible ?

— Bien sûr que c'est possible, dit-il en touchant ma bague de fiançailles. Nous avons tant de choses à attendre avec impatience.

Je sais qu'il fait référence au mariage, mais comment puis-je me réjouir de cela maintenant ? Les larmes me piquent les sinus. Tellement merdique. Tout ça est tellement merdique.

Alistair retire sa main, et le manque de chaleur de sa peau me manque instantanément. Quand je le regarde, il semble plus pâle que d'habitude.

— Tu as changé d'avis, murmure-t-il. Tu ne veux plus m'épouser.

— Oh, Alistair. Ça sort comme un sanglot. — Bien sûr que non. Bien sûr que non !

Il n'est pas convaincu. Maintenant je ne peux pas retenir

mes larmes, je ne peux pas les empêcher de couler sur mon visage. — Tu n'as aucune idée à quel point je t'aime.

Alistair scrute mes yeux, cherchant quelque chose que je suis désespérée de lui donner. — Tu ne vois pas ? Becks est ma meilleure amie depuis toujours. Je l'aime plus que tout au monde. Je marcherais sur des charbons ardents pour elle. Elle m'a demandé... elle avait besoin que je choisisse entre vous deux. Alors j'ai dû la laisser partir. J'attends, laissant le temps à ces mots de faire leur chemin. Je renifle et essuie mes joues avec la serviette empesée. — Et je ne le regrette pas.

Les larmes continuent de couler. Alistair m'agrippe, l'urgence se manifestant dans la soudaine rigidité de son corps. — On s'en va, dit-il d'une voix rauque. Il jette une liasse de billets soigneusement pliée sur la table. Je retrouve rapidement ma chaussure avec mon pied et l'enfile avant qu'il ne me tire brusquement de ma chaise. Le monde tourne. Je sens les regards des gens sur nous tandis qu'il m'entraîne hors de la salle à manger — moi, participante consentante, juste surprise par la rapidité de tout cela. Nous nous précipitons sur le trottoir pavé, la pluie se mêlant à mes larmes malgré les efforts d'Alistair pour me protéger avec sa veste. Puis nous voilà à l'arrière d'un taxi, nous insérant dans la circulation, les feux nous favorisant sur notre route. J'aperçois à peine l'hôtel avant qu'Alistair ne me tire hors de la voiture et dans le hall d'accueil. Nous sommes dans l'ascenseur, nous précipitant vers la porte, tombant dans le penthouse comme des amants frénétiques, désespérés de sentir la peau de l'autre, ayant besoin d'urgence du réconfort intime intense que nous savons ne pouvoir débloquer qu'avec le corps de l'autre.

Alistair me plaque contre le mur, sa main derrière ma tête, puis descendant vers ma mâchoire, ma gorge, mes seins. Même à travers le tissu de mon nouveau chemisier en soie, son toucher est électrique. Je cambre le dos, poussant ma poitrine vers l'avant, en réclamant davantage. Plus, plus, plus. Plus de tout. Il est si brutal — sa prise plus forte que je n'ai jamais sentie. Un feu s'allume en moi ; le plaisir dans mon sexe s'enflamme comme un panache de fumée remontant le long de mon ventre. *Putain !*

Il ne touche pas ma joue meurtrie, mais chaque autre partie de mon corps est à la merci de ses besoins sauvages. Je lui appartiens si complètement et si profondément qu'il peut avoir chaque parcelle de moi, faire ce qu'il veut de moi. Je suis l'éponge, le réceptacle, le trou. Je n'existe que pour ses besoins et son plaisir.

Me serrant, me mordant, me poussant. Me retournant et me plaquant à nouveau, écrasant mon buste contre le mur si fort que mes os iliaques protestent. Avec ses mains brutales, il tire mes cheveux, inclinant mon visage pour pouvoir mordre ma lèvre et forcer sa langue dans ma bouche. J'ouvre ma bouche aussi grand qu'elle peut aller ; je veux tout. Je suis désespérée pour tout ce qu'il veut me donner.

Cette rencontre n'est pas réciproque. Je ne fais rien d'autre que m'ouvrir à lui. Ouvrant grand ma bouche. Il écarte mes pieds avec les siens, ouvrant mes jambes, et encore une fois je sens cette vague de chaleur monter. Soudain j'ai besoin de lui en moi, qu'il me baise plus fort que je ne l'ai jamais expérimenté.

Je gémis. — Alistair.

Il grogne et attrape mes cheveux, m'embrassant durement. — Ivy.

— Baise-moi, s'il te plaît, je supplie, à bout de souffle, le cœur battant. — S'il te plaît. J'ai besoin de ta queue en moi. J'en ai *besoin*. S'il te plaît.

Il ne répond pas avec des mots. À la place, il me retourne à nouveau et arrache ma jupe. Il se met à genoux. Je suis toujours face au mur quand je sens ses doigts chauds écarter mes cuisses, et soudain sa bouche grande ouverte est sur mon sexe, suçant mon clitoris — c'est une décharge de plaisir si intense que je manque de me plier en deux.

Mais ce n'est pas ce que je veux. Mon envie d'être remplie est trop forte. Je me fiche de jouir ou de quoi que ce soit d'autre, hormis sa grosse et belle queue s'enfonçant en moi.

— S'il te plaît, je murmure à nouveau. Si je dois supplier, je le ferai. — S'il te plaît, Alistair. Emmène-moi au lit et baise-moi.

CHAPITRE 32
Nirvana

ALISTAIR

Il y a un sifflement à l'arrière de mon esprit qui murmure : « *Ne lui fais pas de mal.* »

Chaque cellule de mon corps déborde d'un désir intense de l'anéantir de plaisir. Je veux la pénétrer de toutes les façons possibles, la serrer et la baiser si fort et si profondément que je ferai partie d'elle pour toujours.

J'aimerais la sucer plus longtemps, mais elle se tortille, me suppliant de l'emmener au lit. Si Ivy veut quelque chose de moi, elle l'obtiendra. Mon but dans la vie est désormais de faire tout ce qui est en mon pouvoir pour réaliser ses désirs.

J'embrasse son clitoris et l'intérieur crémeux de sa cuisse, puis je la soulève dans mes bras — comme une mariée qu'on porte au-delà du seuil.

Le penthouse est vaste, élégamment éclairé et facile à parcourir. Je la jette sur le lit comme elle aime et je regrette de ne pas avoir mon équipement de chambre à sexe : lubrifiant, huile, godemichés, palettes, fouets, plumes, acier et cuir. Mais nous aurons le temps pour tout ça parce que j'ai retrouvé Ivy, et elle est toute à moi.

Habituellement, elle glousse quand je la jette, mais ce soir, c'est du sérieux. Elle ne veut pas jouer à nos jeux habituels — avec nos échanges légers et taquins ; ce soir, il s'agit uniquement de baiser de façon profonde, sombre et primitive, et je suis totalement partant.

Nous nous débarrassons de nos vêtements sans rompre le contact visuel. Sa peau nue attise l'urgence dans ma queue. Sans réfléchir, mes lèvres sont sur les siennes, et mes doigts sont en elle, caressant son point G de la manière qui la fait gémir.

— Si foutrement mouillée, je murmure.

Elle cambre le dos et gémit dans ma bouche.

Ivy est si mouillée que j'ajoute un autre doigt pour un ajustement encore plus serré et j'accélère. Sa respiration et ses contractions s'intensifient rapidement — elle est au bord du gouffre, à un ou deux mouvements de jouir.

Je retire mes doigts, et elle sanglote — un son désespéré. Elle commence à se redresser pour sucer ma queue, mais je la repousse.

— Ce soir, ton seul travail, je grogne, c'est de jouir plus fort que tu n'as jamais joui.

Sa main se déplace vers son clitoris, le caressant, gémissant, si proche de l'orgasme. J'adore la regarder se toucher ; ça me rend fou. Je contemple sa beauté, sa sensualité, son énergie de déesse qui m'a captivé dès que je l'ai vue.

Ma queue est prête, bondissant presque pour entrer en elle. Je la tire vers le haut, la mettant à genoux et sur les coudes, tournée dos à moi. J'agrippe ses fesses, savourant leur forme et leur douceur. Les plus belles fesses, les fesses les plus baisables que j'aie jamais vues. Je les serre, les lèche et les masse, puis j'ai besoin de la lécher encore. Je ne peux pas m'en empêcher. Je sais qu'elle veut sauter les préliminaires, mais c'est tellement parfait, tellement cru ; j'ai besoin de glisser ma langue à l'intérieur. Je commence par son clitoris, passant ma langue sur la peau glissante, puis mes doigts prennent la place de ma langue tandis que je me dirige vers son trou. C'est si parfait — humide et gonflé par mes doigts, des lèvres comme du velours brûlant. J'enfonce ma langue aussi loin qu'elle peut aller, la bouche grande ouverte, et je commence à la baiser avec. Ma langue entre et sort, et Ivy gémit en se balançant d'avant en arrière.

— Putain, Alistair, gémit-elle. Putain.

Mes doigts tournent autour de son clitoris pendant que je continue à la pénétrer avec ma langue. Son corps se tend à nouveau, et je ne veux pas qu'elle jouisse tout de suite, alors je m'arrête et lui donne une fessée vigoureuse. Ivy pousse un cri de surprise et de plaisir, alors je continue, la frappant juste assez fort pour laisser une marque. Elle se charge de frotter son clitoris, libérant ma main pour saisir ses seins qui se balancent. Putain, j'adore ses seins. Je ferais une putain de guerre pour ses seins. Je mords doucement ses fesses, embrassant, léchant, suçant, mordant la peau sensible à côté de sa chatte.

Tout le corps d'Ivy se balance et tremble, si proche. Mais je veux qu'elle attende. Je veux qu'elle jouisse sur ma queue parce que c'est la meilleure sensation au monde.

Ma déesse. Mon âme sœur. Ma putain.

Mon tout.

J'empoigne ma queue dressée et j'en touche le bout à sa glorieuse — et glorieusement mouillée — chatte. Juste ça — ce simple contact fait courber ma colonne vertébrale de plaisir.

— Putain de merde, je murmure d'une voix rauque. Comment est-ce possible que ce soit si bon ? La moitié infé-rieure de mon corps étincelle sous l'effet du mélange électri-sant de désir et de plaisir.

Je me ressaisis suffisamment pour la pénétrer juste un peu, et le gémissement d'Ivy manque de me faire jouir à nouveau. Je m'immobilise et tente de stabiliser ma respiration. Ce serait tellement dommage de jouir maintenant alors que je sais ce dont Ivy et moi avons besoin.

J'enfonce ma queue un peu plus profondément. Je bouge aussi lentement que possible, essayant de garder le contrôle, mais la chatte d'Ivy est si serrée et si glissante. Si je bouge, je vais jouir.

— Plus, supplie-t-elle, plus, s'il te plaît, Alistair.

Je dois lui donner ce qu'elle veut — ce que nous désirons tous les deux désespérément. Je pousse plus loin — *putain !* — et c'est juste foutrement bon.

Ivy gémit bruyamment, changeant de ton au fur et à mesure que je m'enfonce jusqu'à la garde. Ses muscles serrent ma verge, me faisant siffler de plaisir. Je sens un grondement sourd venir de ma gorge, un grognement primitif qui vibre à travers mon corps.

Lentement, lentement, lentement, je commence à la baiser, bougeant graduellement d'avant en arrière tandis qu'elle se resserre autour de moi. Lent et absolument délicieux. Son plaisir monte avec chaque poussée — dans sa respiration et ses gémissements, je peux entendre à quel point elle est proche. J'augmente mon rythme, sachant que la fin est proche, même si je voudrais que ça dure éternellement. Je vais plus vite, plus profondément. Ivy agrippe son oreiller, sanglotant comme elle le fait quand je touche ce point à l'intérieur d'elle. Je continue jusqu'à ce que j'entende ses gémissements se transformer en cri sauvage. Tout son corps convulse, et les contractions intenses autour de ma queue m'envoient dans l'espace.

Putain, putain, putain !

Mais j'ai besoin de voir son visage. Cette position est si bonne, mais c'est Ivy que je veux. J'attends que son orgasme se termine, puis je la retourne.

— Te voilà, dis-je. Le teint rougi, en sueur, les cheveux ébouriffés, elle est plus belle que jamais. Elle me sourit dans cette brume post-orgasmique, et j'ai besoin d'être en elle à nouveau. Maintenant qu'elle est sur le dos, je peux la plier en deux, pressant ses genoux contre sa poitrine pour cet angle que nous adorons tous les deux. Je la pénètre d'un coup, jusqu'au fond, et elle crie en jouissant immédiatement une nouvelle fois. Je la baise fort et vite, continuant mes va-et-vient pendant son orgasme, ce qui la fait jouir encore plus intensément.

C'est parfait. C'est le nirvana. C'est tout ce que le sexe devrait être, et exponentiellement plus. C'est trop de plaisir ; c'est la quantité parfaite. Je ne peux tenir que quelques poussées supplémentaires — aussi profondes et puissantes que possible — et puis — *putain de bordel de merde* — ma queue explose dans sa chatte qui se contracte, et nous tourbillonnons tous les deux dans une galaxie de béatitude, nous accrochant désespérément l'un à l'autre. Si nous lâchons prise, nous pourrions nous perdre l'un l'autre, ou nous perdre nous-mêmes, ou perdre cette chose incroyable que nous partageons. Nous continuons tous deux à jouir, tressaillant et criant, nous aimant de la meilleure façon que nous connaissons.

CHAPITRE 33
Encore en train de jouir

IVY

Ce n'est pas la première fois que je pense être peut-être morte. Alistair m'a tuée. Je flotte dans une étrange zone où le sol a disparu et où il n'y a que du plaisir. Je ne sais même pas combien de fois j'ai joui parce que ça ressemblait à une longue et incroyable chevauchée. Ma chatte pulse encore.

Alistair me tire plus près de lui, me prend en cuillère par derrière, et la sécurité que je ressens dans ses bras chauds et musclés est paradisiaque. Il me ramène sur terre par sa présence solide, et je me délecte de sentir la longueur de son corps puissant derrière moi, pressé contre mon être épuisé.

— Je n'ai peut-être jamais été aussi heureuse, je murmure — ce qui veut dire beaucoup, parce que Dieu sait que cette vie n'est pas parfaite. Mais dans certains petits moments comme celui-ci, elle le semble absolument.

— Ah, je ne sais pas, soupire Alistair. J'ai déjà été plus heureux.

Je ris et lui donne un coup de coude dans les côtes.

— Non, c'est faux. Avoue-le. La vie avec moi, c'est la perfection incarnée.

Il me serre encore plus fort, m'étreint plus intensément. Je suis complètement piégée dans son magnifique corps, et si ma vie devait s'achever maintenant, je mourrais heureuse.

Je suppose que ma préoccupation avec la mort est logique, vu les dernières semaines. C'est comme si la mort et la destruction tourbillonnaient autour de nous, mais quand je suis avec Alistair comme ça, je me sens plus en sécurité que jamais — comme si nous étions enfermés dans un noyau indestructible pendant que le danger fait rage autour de nous.

— Je me sens tellement en sécurité avec toi, dis-je.

Il ne répond pas immédiatement, puis :

— J'aimerais pouvoir dire la même chose.

Un frisson glace mon cœur quand je réalise qu'il ne plaisante pas. Je m'écarte pour pouvoir me retourner et le regarder. Je ne dis rien.

Il y a tant d'affection dans ses yeux quand il caresse ma joue.

— Je ne me suis pas senti en sécurité une seule minute depuis que je t'ai rencontrée.

Pas heureuse d'entendre ça, je fronce les sourcils.

— Je me suis déjà retrouvé avec un pistolet pointé sur la tête et je me sentais plus en sécurité.

Ne sachant pas quoi dire ou faire, je frappe son bras.

— Arrête !

Il hausse les épaules.

— C'est vrai.

— Arrête, dis-je à nouveau. Je ne veux pas être mauvaise pour toi.

Son expression s'adoucit, et les coins de ses lèvres se courbent légèrement vers le haut.

— Toi, Ivy Mickelson, tu n'es pas *mauvaise pour moi*. C'est l'inverse qui pose problème ici.

Ses mots n'ont pas de sens.

— Tu dis... que tu ne te sens pas en sécurité parce que *tu* es mauvais pour *moi* ?

Alistair pose son pouce sur ma lèvre, puis m'embrasse.

— Je ne me sens pas en sécurité à cause de combien je t'aime. Et de combien de danger je t'ai mise. Ensemble, c'est une combinaison brutale.

Nous plongeons dans les yeux l'un de l'autre pendant un moment, les siens rayonnant d'une vulnérabilité inhabituelle, les miens reconnaissant ce qu'il ressent.

— Et si j'aimais ça ? je chuchote.

C'est à son tour d'être confus.

— Et si tu aimais... quoi ?

— Le fait que tu sois « mauvais pour moi ». Le fait qu'être avec toi me permette d'être à cent pour cent authentiquement moi-même sans m'inquiéter de ce qui est bien ou mal. Rien de ce que je fais n'est mal à tes yeux. C'est... libérateur. Ça me rend aussi excitée comme pas possible, parce qu'avec toi il n'y a pas de honte.

J'ai vécu ma vie en étant la gentille fille, la fille bien élevée, la fille respectable. Honteuse de mes désirs, honteuse de ma situation financière, honteuse de mes relations passées. Je ne pouvais même pas acheter une putain de bouteille d'eau sans me sentir coupable.

— Avec toi, il n'y a rien de tout ça. C'est l'opposé. Avec toi, c'est l'amour libre et la béatitude inconditionnelle. Si ça fait de nous des mauvais, alors qu'il en soit ainsi.

C'est mon ère de *mauvaise fille*, et j'y adhère pleinement.

— En fait, je lui dis. Je ne me sens pas assez mauvaise. Je veux être plus — *plus* sauvage, *plus* libre... plus obscène.

Alistair inspire de cette façon sexy qui lui est propre.

— Je pense que ça peut certainement s'arranger.

Je sens un nouveau bourdonnement dans ma chatte déjà gonflée alors que se déroule devant moi une vie potentielle où je me lance pleinement dans tout ce qui est érotique. Je regarde le plafond orné et me souviens de la première fois où j'avais été dans un penthouse d'hôtel avec Alistair.

— Pourquoi souris-tu ? demande-t-il, se penchant pour embrasser mon cou.

— Je me rappelle juste quand je me suis réveillée avec toi au Raven et que j'ai pensé avoir peut-être été kidnappée dans la rue.

— T'enlever a été le meilleur jour de ma vie, dit-il.

— Le mien aussi, je souris en retour. Ma mère serait tellement déçue de moi.

— Et elle aurait raison ! Tu ne savais pas qu'il ne faut pas suivre les inconnus ?

— Pour autant que je me souvienne, je n'ai suivi personne.

Alistair concède.

— Oui, eh bien, tu *étais* inconsciente.

— Oui, il y avait ça.

— Mais tu n'as pas complètement paniqué quand tu t'es réveillée, ce qui était inattendu.

— C'était probablement parce que j'avais subi un traumatisme crânien, dis-je. N'importe quel autre jour, je serais probablement devenue sauvage et me serais battue pour sortir de là avec une arme improvisée.

Il rit et frotte sa barbe naissante.

— Non, tu ne l'aurais pas fait.

— Non, je ne l'aurais pas fait. Tu étais beaucoup trop beau. C'était comme être sous un charme.

— Voilà la commotion cérébrale qui parle à nouveau.

Je ricane et mords son épaule. Il soupire et bouge contre moi, sa bite tressautant. Je l'atteins et la caresse, me délectant de sa taille et de sa chaleur.

— J'adore vraiment ta bite.

Elle durcit davantage dans ma main, et Alistair se mord la lèvre.

— Je veux dire, j'aime tout ton corps. Ton visage. Tes yeux. Mais ta bite est particulièrement magique.

Je continue de la caresser, et Alistair se déplace pour s'allonger sur le dos, fermant les yeux, le visage en extase.

— J'adore particulièrement ta bite dans ma bouche, dis-je. C'est comme si j'en avais faim. J'ai besoin de l'avoir dans ma bouche chaque jour.

Il gémit doucement, et je descends pour le dévorer. Je prends mon temps, enroulant lentement ma langue autour du gland, explorant son orifice avec le bout de ma langue, voulant le baiser avec ma langue comme il le fait avec moi. Il émet des sons doux et satisfaits tandis que je prends le temps de masser sa queue avec ma bouche, utilisant mes mains, mes lèvres, ma langue. Ma chatte adore ça, adore cette sensation, adore le plaisir que je vois sur le visage d'Alistair.

J'aime être soumise avec lui, mais en ce moment j'ai tout le pouvoir, et ça fait du bien. Je masse plus fort, je suce plus fort, et je sens son orgasme approcher alors qu'il commence à pousser lentement dans ma bouche.

Putain, ça me rend toujours si excitée. Je suis sur le point de lui demander s'il veut baiser profondément ma gorge quand j'ai une idée différente. Il est toujours sur le dos, alors je me mets à genoux et m'assieds à califourchon sur lui, en position de cowgirl, et je me glisse doucement sur sa queue.

Putain de merde. Elle semble plus grosse que jamais, glissant à l'intérieur de ma chatte gonflée. Je laisse échapper un long soupir audible de pur plaisir. Quand je rouvre les yeux, il m'observe avec un regard liquide.

Je commence à le chevaucher, savourant chaque centimètre de sa verge en moi, adorant observer son expression tandis que je bouge, mes seins rebondissant. Chaude et glissante, j'accélère, et Alistair grogne pour en avoir plus. Je serre plus fort, bouge plus vite jusqu'à ce que tout son corps soit tendu sous moi. Il est presque prêt à jouir, mais je veux que nous jouissions ensemble. Je ralentis à nouveau, frottant mon clitoris d'une main et pinçant mon téton de l'autre jusqu'à ce que je sente cette vague chaude qui monte en moi.

— Regarde-moi, grogne Alistair, et nos regards se verrouillent.

Je suis si proche.

Je gémis, mais je reste avec lui, forçant mes yeux à rester ouverts.

— Tu es prête à jouir pour moi, dit-il.

Je hoche la tête, me mordant la lèvre assez fort pour laisser une marque. Je suis prête.

— Tu es si magnifique, tu le sais ? Tu es une véritable déesse. Tu es parfaite, bordel. Il tend la main pour serrer mon autre sein, et je crie sous le flot de plaisir qui me traverse, prêt à se transformer en raz-de-marée.

Les gémissements d'Alistair deviennent plus forts, il serre la mâchoire et siffle comme s'il souffrait.

Oh putain. Oh putain-putain-putain. Oh !

Alistair sent ma chatte se resserrer autour de lui, et c'est tout ce dont il a besoin pour jouir bruyamment — presque violemment — poussant dans mes spasmes.

Ah, ah, AH !! Pu-u-u-u-tain !!

Un orgasme gigantesque me frappe, une vague chaude de plaisir si intense et étourdissante que je me sens complètement hors de contrôle. Je suis sauvage et faible et je pense que sa férocité pourrait m'anéantir.

Alistair me baise toujours ; baisant directement dans l'œil du cyclone. Je hurle.

Putain !

— Je jouis encore, je gémis. — Je-jouis-encore-je-jouis-encore.

Il m'attire vers lui et m'embrasse brutalement, puis enfonce mon sein dans sa bouche et le suce fort. Une nouvelle vague de plaisir, une nouvelle série de contractions autour de sa queue. Mon gémissement est bas et grondant tandis que j'atteins un nouveau sommet, jouissant sur sa magnifique queue.

CHAPITRE 34

Sugar

ALISTAIR

Draps et membres enchevêtrés, la sueur séchant sur notre peau, je jette un coup d'œil à Ivy, et elle me sourit.

— Tu as pu constater que tu m'as manqué ?

Les joues rouges et magnifiques, elle glousse. — Je pourrais dire la même chose.

— Est-ce que j'ai été... trop brusque tout à l'heure ?

Les yeux d'Ivy s'écarquillent. — Non ! J'ai adoré. Tu peux aller plus loin la prochaine fois, si tu veux. J'ai un mot de sécurité.

Mon intérêt s'éveille. — Tu ne l'as pas encore utilisé – un peu comme ma carte de crédit.

— Je n'en ai pas eu besoin, répond-elle. Soupir. Tu n'es visiblement pas assez kinky pour moi. Tu serais surpris de voir à quel point je suis prête à être *expérimentale*.

Putain, j'ai envie de la dévorer. Si je ne venais pas de jouir, je serais déjà sur elle.

— Vraiment, dis-je d'une voix traînante.

— Vraiment, répond-elle sur le même ton, me taquinant.

— Des suggestions sur ce que tu aimerais essayer ensuite ?

— Non. C'est toi le patron, tu te souviens ? Tu as dit que tu m'aiderais à découvrir mes kinks. J'attends toujours. Elle tapote une montre imaginaire au poignet. — Tic-tac.

— Combien en avons-nous maintenant ?

— Combien de kinks ? demande-t-elle. Euh. Le sexe en public. Les démonstrations d'affection en public. L'argent de dévergondée. J'ai cherché ; ça s'appelle sugar. Sugaring.

— Sugar ? Comme dans sugar daddy ?

— Je suppose. Penser à ces enveloppes d'argent que tu me donnes me rend toujours humide.

— Putain, je grogne. Où est mon portefeuille ?

— Mais honnêtement, poursuit Ivy, tous mes kinks tournent autour de toi. Je ne veux faire aucune de ces choses avec quelqu'un d'autre. Tu es mon kink principal. Même le sexe vanilla avec toi est follement kinky.

— Mais tu as aimé jouer avec Freya.

— Oh mon dieu, oui. Ses yeux s'illuminent. — Il m'en faut définitivement plus. Je ne serai pas si nerveuse la prochaine fois.

— Donc, sexe en public, démonstrations d'affection, sugar, et soirées de jeu, surtout avec des femmes.

Son souffle se coupe. — Je le sens, l'excitation dans mon corps, rien qu'en en parlant. Oui.

— Eh bien, dis-je en me grattant la barbe naissante. C'est un sacré bon début. Nous avons tellement plus à explorer.

Elle sourit d'un air narquois. — J'y compte bien.

Nous restons allongés dans un silence confortable pendant un moment, savourant simplement d'être ensemble, d'être nus, d'être en sécurité.

Finalement, nous revenons à la réalité, comme je savais que nous le ferions.

Elle entrelace ses doigts avec les miens. — Nous repartons dès demain matin, n'est-ce pas ?

Je soupire, regardant avec nostalgie son corps incroyable. — J'aimerais qu'on puisse rester ici une semaine sans quitter cette suite.

— Pareil, répond-elle. Mais je dois rentrer voir Becks et me concentrer sur la recherche d'Emma.

Je me crispe, serrant fermement ses doigts. — Euh. Non, tu ne le feras pas. Tu ne vas absolument pas essayer de trouver Emma.

— Eh bien, je ne veux pas dire...

— Ivy !

— Je ne veux pas dire que je vais sortir toute seule la chercher. Je ferai tout par ton intermédiaire et celui de Brodie.

— Si tu me refais un putain de coup comme à « Reacher's Apple », je jure que je vais perdre la tête.

Elle a le culot de rire. — Je ne le ferai pas ! Évidemment que non. Mais tu sais que j'ai promis à Sandringham.

— Et j'ai briefé Brodie. C'est aussi loin que tu iras dans cette histoire. Tu vas nous laisser faire.

— Oui, monsieur, dit-elle. Si autoritaire. J'aime ça.

Je souris et secoue la tête. Elle est impossible.

— Donne-moi encore des ordres, dit Ivy, avec cette lueur sexy dans les yeux.

— Vraiment ? je demande. Encore ?

— Quoi ? Tu es trop fatigué ? Je n'ai jamais entendu ça avant.

— Je suis épuisé. Mais je ne suis jamais trop fatigué pour te baiser, Ivy Mickelson.

— Bientôt Ivy Ravenscroft.

— Mm. Ça sonne excellemment bien.

Elle commence à se frotter contre moi comme un chat sinueux cherchant de l'attention.

— Je n'étais pas sûr que tu voudrais prendre mon nom, dis-je. Tu sembles un peu trop... progressiste pour ça.

— Je sais. Becks sera outrée. Mais c'est ce que je veux.

— Dieu sait pourquoi, je réponds. Ma famille est un bordel d'une proportion vraiment épique.

— Oui, mais ils seront *mon* bordel. En plus, je te l'ai déjà dit, je veux tout ce que tu as à me donner. Je veux être *fusionnée* à toi, faire partie de toi. Et je veux être une Ravenscroft pour Alex. Je veux qu'il sache que nous sommes tous une famille, peu importe comment cela s'est produit.

Je ne trouve pas de réponse à la hauteur, alors je la serre contre moi et l'embrasse.

— Tout va bien se passer, n'est-ce pas ? demande-t-elle.

Je caresse ses cheveux et l'embrasse à nouveau. — Je le pense, Ivy Ravenscroft. Je le pense sincèrement.

CHAPITRE 35
Côté Sauvage

IVY

Nous sommes trempés par la pluie en trois secondes, le temps de courir de la réception de l'hôtel à la limousine qui nous attend. Nous montons en riant et haletants. À l'abri dans l'habitacle, nous regardons par la fenêtre, la vue obscurcie par les rideaux de pluie qui peignent tout en gris.

— Ah, l'Écosse, médite Alistair. Un pays si magnifique.

Je lui donne une tape sur le bras. — C'*est* un pays magnifique, j'insiste.

Il hoche la tête puis regarde à nouveau le déluge pour souligner son point.

Le téléphone d'Alistair vibre pour un appel, alors je me connecte sur WhatsApp avec Becks.

IVY MICKELSON

Becks !!! Alistair m'a raconté ce qui s'est passé. Je ne me pardonnerai jamais pour ce qui t'est arrivé. Je suis tellement désolée. Je sais que "désolée" ne suffit pas. Mais je le suis.

Rebecca Bradley

T'inquiète pas, ma chérie. La balle a à peine effleuré mon

bras. Je n'aurai plus besoin d'épilation dans ce salon louche du coin avant un moment.

IVY MICKELSON

C'est généreux de ta part, mais je sais que c'était bien plus grave que ça.

Rebecca Bradley

Aucun os brisé, pas de dégâts permanents. J'aurai besoin de séances de kiné quotidiennes, cependant. Ordres du Dr. McCoquin.

IVY MICKELSON

Dr. McCoquin ??? Dis-m'en plus.

Aussi, je peux t'aider pour la kiné. J'ai fait cette formation pour mon certificat de yoga. En plus, je serais ravie d'avoir n'importe quelle excuse pour te voir TOUS LES JOURS. Je suis en route pour Londres.

Rebecca Bradley

Ce sera génial, merci.

J'hésite à envoyer le message suivant, ne voulant pas penser à la terrible dispute que nous avons eue avant la fusillade. Mais je sais que je dois le faire, sinon cela persistera toujours entre nous.

IVY MICKELSON

On est ok ? Dis-moi qu'on est ok. Tu m'as tellement manqué, putain.

Rebecca Bradley

Pareil. On est plus qu'ok. On est BFF pour toujours et à jamais.

IVY MICKELSON

Je t'aime tellement. Merci.

Rebecca Bradley

McFilthy est une putain de bête. Il me laisse rentrer chez

moi demain, mais seulement à la fin de son service pour qu'il puisse « s'assurer que je rentre chez moi en toute sécurité ».

IVY MICKELSON

Putain de merde. Ça ressemble à de la faute professionnelle.

Rebecca Bradley

Ma fille, quand tu verras cet homme, tu voudras toute la faute professionnelle qu'il sera prêt à te donner. Il a ajouté son numéro personnel sur la carte de visite qu'il m'a donnée « au cas où j'aurais besoin de lui pour quoi que ce soit ».

IVY MICKELSON

Laisse-moi deviner. Tu as définitivement besoin de lui pour quelque chose.

Rebecca Bradley

J'AI BESOIN DE LUI POUR TOUT

IVY MICKELSON

Eh bien, ce sont d'excellentes nouvelles. Si Filthy te laisse tomber, fais-moi signe et je viendrai te chercher à l'hôpital.

Rebecca Bradley

McFilthy n'a pas un seul os peu fiable dans son corps. Mais merci.

Je suis absolument ravie pour Becks, et quand Alistair termine son appel, je rayonne.

Je pensais me réveiller épuisée, mais après les luxueux cafés du service d'étage et les pain au chocolat, je déborde d'énergie. Et Becks vient juste de me faire ma journée.

J'ai tellement à faire. En plus de sa kiné, de prendre des nouvelles d'Emma, et de revoir mon magnifique bébé Alex, je suis également impatiente de commencer à travailler sur la fondation.

C'est à l'opposé de ce que je ressentais quand je perdais pied il y a deux jours - quand tout semblait impossible et sans espoir. Maintenant, tout semble gérable, même agréable. Je me surprends à rêver de tout le bien que je peux faire avec l'argent des Ravenscroft.

C'est drôle comme au début de ma relation avec Alistair, j'étais si dure avec moi-même, pensant que je sacrifiais mes idéaux pour être avec lui - mais j'avais alors peu de pouvoir pour changer le monde et je n'aurais pas pu faire grande différence dans la vie de quiconque ou pour la crise climatique. Il n'y a qu'un certain nombre de choses qu'on peut faire en recyclant et en évitant le plastique à usage unique. Mais Alistair m'a appris que l'argent, c'est le pouvoir, et je sais que je peux l'utiliser pour faire le bien.

On ne voit jamais les riches faire de bonnes choses dans les livres ou les films, n'est-ce pas ? Ce sont toujours les égoïstes, qui accumulent leur argent et meurent riches. Cruella d'Enfer me vient à l'esprit. Pas étonnant que des gens comme moi grandissent en pensant que l'argent est mauvais. En réalité, c'est l'argent entre de mauvaises mains qui est mauvais. Plus les gens croiront que l'argent est intrinsèquement mauvais, plus les bonnes personnes resteront privées de leurs droits.

Je menais une vie si petite. Une vie enracinée dans la peur plutôt que dans la confiance.

Maintenant, je regarde Alistair dans ses vêtements élégants et sa coupe de cheveux coûteuse avec rien d'autre que de l'appréciation. Comme les choses ont changé.

— J'attends que tu commences une dispute avec moi, déclare-t-il.

Je fronce les sourcils. — Quoi ? Pourquoi ?

Il fait un geste vers le temps qu'il fait.

— Oh, je réponds, et souris. Nos querelles ont généralement été accompagnées par la bande sonore de la pluie, et c'est habituellement moi qui suis trempée. C'est lui qui me sauve, me déshabillant de mes vêtements mouillés, me réchauffant. — Non. Je n'ai plus d'arguments pour me battre. J'ai trop à faire.

— Vraiment ?

— J'ai un empire à diriger ! je plaisante.

— Bien, répond Alistair. Ça te tiendra loin des ennuis.

— Je croyais que tu aimais quand je causais des ennuis. Tu te souviens comme on s'est amusés à notre soirée à thème mexicain ?

Il éclate de rire. — Oh mon dieu. Il secoue la tête, passant la main dans ses cheveux, contractant involontairement son pectoral. Il est putain de magnifique. — Rappelle-moi de ne plus jamais te donner de tequila.

— C'était tellement amusant, non ?

— Si tu insistes.

Je le frappe encore. — Tu t'es amusé ! Je le sais. Tu aimes voir mon côté sauvage.

— Eh bien. J'ai certainement vu ton côté sauvage.

Je ris, et la légèreté que je ressens est merveilleuse.

J'étire mes jambes, et il les regarde avec appréciation. Je m'attends à ce qu'il détourne le regard, mais il ne le fait pas.

— Hé. Mes seins sont ici, je dis.

Il rit et m'attire sur ses genoux. Nos visages sont proches l'un de l'autre, et il se penche pour m'embrasser. C'est lent, sensuel et délicieux, et mon bassin commence à vibrer tandis que je le sens durcir.

— Je ne peux pas me rassasier de toi, je murmure.

— C'est pratique, dit-il en me caressant, me donnant la chair de poule.

Il cherche le bouton pour activer l'écran de confidentialité, le trouve, et la vitre remonte sans effort.

— J'adore être sur tes genoux, je lui dis, et nous nous embrassons à nouveau. En plus d'apprécier d'être dans ses bras forts et de me sentir protégée, j'aime la sensation d'être assise sur sa verge. Je commence à me frotter lentement contre lui, l'embrassant paresseusement pendant que je le fais. Sa bouche est ouverte et accueillante, et c'est si putain d'excitant de prendre mon temps avec lui, toutes ces lèvres chaudes et glissantes, et nos langues. Je me frotte encore lentement quand il fait glisser sa main de ma cheville jusqu'à mon genou, puis à l'intérieur de ma cuisse, s'arrêtant juste avant l'endroit où j'ai le plus besoin de lui. Je cambre le dos et gémis dans sa bouche.

Putain, j'adore sa bouche.

— Je pourrais faire ça toute la journée, lui dis-je.

— Dommage pour toi, répond-il. Nous serons bientôt à la piste d'atterrissage. Ses doigts sont juste au bord de ma culotte.

— Eh bien, alors, je me frotte un peu plus fort. Qu'est-ce que tu attends ?

— J'attends que tu me demandes, répond-il.

— D'habitude, tu n'attends pas que je te demande.

— J'ai aimé ça, dit-il, d'une voix rauque. Quand tu as demandé hier soir.

Supplié serait plus exact.

Je le regarde dans les yeux, l'air innocent. — S'il te plaît.

— S'il te plaît quoi ?

— Euhh—

— Utilise tes mots, ma belle.

Je rougis. — S'il te plaît... arrête de me taquiner et mets tes doigts en moi.

Il exhale de cette façon qu'il a quand il est excité et franchit délicatement le bord de ma culotte, là où c'est le plus humide. C'est tellement coquin, tellement excitant, que je me tortille.

— C'est ce que tu aimes ? demande-t-il.

Mon clitoris palpite de plaisir et d'anticipation, bien qu'il n'ait pas encore été touché, à part le tissu qui appuie contre lui. — Oui.

Alistair me touche à peine, mais c'est tellement bon,

comme si toute la délicieuse sensation était concentrée dans cette petite zone de peau que ses doigts effleurent, juste au bord.

— Que veux-tu d'autre ? demande-t-il.

— Ce que je veux toujours, je réponds. Toi, en moi.

CHAPITRE 36
Sans visage

ALISTAIR

Est-il possible de trouver une femme plus parfaite qu'Ivy Mickelson ? Non. J'y mettrais ma fortune familiale en jeu. Je n'ai aucune idée de comment j'ai pu avoir autant de chance, mais nous voilà, à l'arrière d'une limousine vintage, avec cette femme imprévisible sur mes genoux, cette créature surnaturelle qui me surprend constamment de la meilleure façon possible. Elle se frotte contre mon sexe dur comme pierre, inconsciente de l'effet qu'elle me fait, me tentant avec ce qui se cache sous sa culotte en coton humide. Je me demande si elle sait à quel point c'est rare ? Cette alchimie, cette libido parfaitement assortie. Je n'ai jamais rien vécu de tel auparavant. Je ne savais même pas que ce genre de connexion existait avant de la rencontrer — je pensais que c'était une version hollywoodienne inventée de l'amour. Mais c'est tellement différent, tellement réel, tellement absorbant. Nous sommes ancrés dans la terre, le feu et le sang. Quand nous nous unissons, nous sommes projetés dans le cosmos, accrochés l'un à l'autre, toujours unis même quand nous sommes séparés.

Je m'approche doucement de son clitoris, voulant la faire

jouir comme ça, totalement habillée, sur mes genoux. Elle gémit et se cambre. Je la serre plus fort, voulant la contrôler, la posséder, me l'approprier de toutes les façons possibles.

— Ivy, je grogne. Mais ce que je veux dire c'est : comment est-ce possible ? Non seulement j'ai eu la chance de te rencontrer, mais tu as accepté de rester cette première nuit, puis pour la semaine. Quelle chance que malgré ton courage féroce — et ta témérité ridicule — tu aies réussi à revenir vers moi ? C'est cette sensation de *déjà vu* que j'éprouve parfois quand je la regarde : cette pensée récurrente de *comment ai-je pu avoir autant de chance ?*

— En moi, s'il te plaît, murmure-t-elle.

Je retire ma main, l'élastique claquant. Ivy semble désemparée, cherchant dans mes yeux la raison de ma cruauté. Je place trois de mes doigts dans sa bouche, ses lèvres gonflées par nos baisers. Ses yeux se révulsent de plaisir tandis qu'elle ouvre plus grand, permettant à ma main d'aller plus loin.

J'aimerais que ce soit mon sexe dans sa bouche ; j'aimerais baiser sa gorge comme elle me le permet parfois, mais d'une certaine façon, c'est encore plus érotique. Je pousse un peu plus profondément que je ne l'ai fait auparavant — lentement, soigneusement, ne voulant pas l'étouffer. Juste assez pour que nous sentions la limite. Quand je retire à nouveau mes doigts, elle écrase ses lèvres contre les miennes, affamée de ma bouche, mordant ma lèvre. Pendant que nous nous embrassons, je prends mes doigts lubrifiés et les enfonce brutalement dans sa chatte.

Elle s'exclame dans ma bouche — surprise et ravissement alors que mes doigts plongent profondément. Je sais qu'elle aime la rudesse, même la maladresse, quand je les force jusqu'à la troisième phalange dans sa chatte humide. Il y a une certaine chaleur dans un moment de sexe brut — des rappels d'expérimentations adolescentes excitées quand on ne sait pas encore ce qu'on fait, qu'on n'a aucune idée de comment faire plaisir à une femme, mais qu'on essaie quand même. Doigter une fille dans une tente lors d'un festival de musique boueux ; se frotter contre quelqu'un, tout habillé, pour les faire jouir ; rouler une pelle à une étudiante à l'université. Zéro technique, tout en érotisme hors normes parce que les hormones s'affolent et que tout est nouveau.

Et ainsi, avec ces filles sans visage, oubliées depuis longtemps dans ma tête, j'enfonce mes doigts profondément dans la seule femme avec qui je veux encore faire l'amour. Je les recourbe vers le haut comme je sais qu'Ivy aime pour la faire gicler, et elle crie et s'accroche à mon cou. Je peux sentir sa légère pellicule de transpiration tandis qu'elle enfouit son visage contre le mien, gémissant alors que je bouge en elle.

— Putain, Alistair, gémit-elle. Putain. Je suis si proche. Baise-moi, s'il te plaît.

Quand ces mots sortent de sa bouche, ils sont magiques. Ils jettent un sort si puissant que je ne pourrais pas résister même si j'essayais. — Je te baise.

— Je veux ta queue, dit-elle. Maintenant. Tout de suite. Je vais jouir.

CHAPITRE 37
Toit ouvrant

IVY

J'ai tellement envie de lui ; je ferais n'importe quoi. Je ferais *n'importe quoi*.

Je tends la main pour déboutonner son pantalon, mais il attrape mes poignets pour m'arrêter.

—Non, dit-il, toujours le patron.

Je ne comprends pas pourquoi il joue les difficiles, mais ça me rend folle.

Il appuie sur un bouton pour ouvrir le toit ouvrant. Je m'apprête à protester, pensant que la pluie va entrer, mais ce n'est pas le cas.

—Lève-toi, ordonne Alistair.

—Quoi ?

—Lève-toi. Sa voix est ferme.

Il veut que je me lève et que je sorte la tête par le toit de la voiture ? N'est-ce pas super dangereux, du genre à se faire décapiter par accident ? Mais il attend, alors je me dis *merde* et je me lève. Le vent est froid sur ma peau sensible, mais c'est rafraîchissant. C'est étrange. Téméraire. Comme une héritière ivre et rebelle qui teste les limites. Le vent balaie mes cheveux en arrière alors que nous avançons, et j'attends que quelqu'un me crie de *me rasseoir, espèce d'idiote*, mais il semble que les Écossais soient trop polis pour ça. Une fois que je réalise que personne ne me regarde ni ne me juge, je me détends et commence à en profiter. C'est vraiment merveilleux d'être cette personne, cette personne qui n'en a rien à foutre de ce que les autres pensent. Ça me rappelle la femme du « Et alors ? » dans cette vidéo porno que nous avons regardée.

Candy !

Candy hurlerait de joie en faisant ça, et si quelqu'un la dévisageait ou la réprimandait, elle renverserait la tête en arrière et rirait. Parce que Candy sait ce qu'elle veut dans la vie. Candy n'en a rien à foutre des attentes des autres ou de leur approbation.

La réalisation prend un moment, mais elle finit par me frapper. Je peux être Candy. Je peux faire un doigt d'honneur aux conventions et aux bien-pensants et simplement vivre la vie que je veux au lieu de m'inquiéter constamment de ce que les autres vont penser.

Cette pensée, avec le vent dans mes cheveux et la sensation d'être téméraire et belle, me rend euphorique. Mon sourire s'élargit, et je ne peux m'empêcher de rire. Oui, si quelqu'un freine brusquement, je pourrais être décapitée, mais au moins je mourrais heureuse.

Je sens la prise ferme d'Alistair sur ma jambe. Je pense qu'il pourrait venir me rejoindre, mais je sens ses mains sur mes hanches alors qu'il tire ma jupe vers le bas.

Oh, merde.

—Euh, dis-je, à personne en particulier.

Puis sa prise sur mes cuisses se resserre, et je halète en sentant sa bouche sur ma chatte.

Putain !

C'est trop, même pour Candy. J'essaie de redescendre dans

l'habitacle, mais Alistair me repousse vers le haut et sa bouche est de nouveau là où elle doit être, grande ouverte et enveloppante, sa langue tournoyant autour de mon clitoris, ses lèvres suçant, sa langue me baisant.

Tout mon corps picote. Ça va aller vite. Le vent froid dans mes cheveux, le bordel chaud qu'est ma chatte palpitante. Je siffle de plaisir tandis qu'Alistair augmente la pression et la vitesse. D'habitude, j'aime que ce soit lent, mais aujourd'hui, nous faisons les choses un peu... différemment.

Mes jambes commencent à trembler, mais la prise d'Alistair me maintient stable. Je pourrais m'effondrer de plaisir et il serait là pour me rattraper.

Les étincelles et les picotements deviennent plus forts et plus brillants, jusqu'à ce que je ne sente plus mes cuisses. À part l'air frais sur le haut de mon corps, tout ce que je peux sentir, c'est ma chatte humide et palpitante qui s'épanouit sous la bouche chaude et soyeuse d'Alistair.

Putain ! Je vais jouir. Je vais jouir.

Ça ne fait que quelques minutes, mais je peux sentir l'orgasme qui approche, prêt à me frapper comme une énorme putain de boule de démolition. Je serre la mâchoire et m'accroche au toit de la limousine de toutes mes forces.

P-u-t-a-i-n !

Oh mon dieu, Alistair, je pense. *Oh mon dieu.*

C'est trop. Ça va m'achever. Mes joues rougissent contre le vent, mes membres se transforment en gelée. La ville sait que c'est le moment. Une nuée d'étourneaux vole au-dessus et une cloche d'église sonne, puis mes genoux fléchissent alors que je suis submergée par un orgasme total qui me fait presque perdre connaissance.

Je presse mes lèvres pour éviter de crier, mais le tourbillon de félicité s'échappe quand même de ma bouche ; un gémissement sauvage tentant de faire face à des sensations délicieuse-ment impossibles.

Je plonge dans le plaisir, dégringolant à travers mon corps, mon bassin bourdonnant et vibrant. Soudain, mes bras ne sont plus froids, le toit ouvrant est fermé, et je suis de nouveau dans les bras d'Alistair, toujours pulsante et palpitante, affaiblie par l'intensité de l'orgasme. Il est si fort, si protecteur, je me blottis contre lui jusqu'à ce que les derniers spasmes me secouent.

—Oh mon dieu, dis-je d'une voix rauque.

Il se contente de grogner en réponse, et quand je regarde son visage, je comprends pourquoi. Il a encore ce regard sauvage, comme s'il voulait me détruire. De la plus belle façon possible, j'en suis sûre.

Sans rompre le contact visuel, il dézippe son jean et sort sa queue de son caleçon. Une vague de quelque chose me traverse – de l'excitation, mais aussi un frisson de... peur ? C'est la combinaison du regard impie dans ses yeux et de la taille et de la fermeté de sa magnifique queue. Ma bouche s'ouvre à sa vue, désirant l'avoir profondément dans ma bouche. La voulant entièrement, la voulant pour toujours.

Ce n'est pas la première fois. Parfois, quand je suis sous la douche, je pense à la queue d'Alistair et ma bouche s'ouvre automatiquement. Ma langue sort tandis que mon clitoris palpite. Je suis toujours si *prête* pour lui. Ça ne m'est jamais arrivé avec quelqu'un d'autre – mon corps sait ce qu'il veut.

Alistair perçoit ma faim et presse son pouce contre ma lèvre inférieure. Cela ne fait qu'accentuer mon excitation. Je ne peux pas rester immobile. J'ai envie de dire *Tout ce que je veux c'est ta bite dans ma bouche,* mais j'ai dit ça hier soir. À la place, je plonge mon regard dans ses yeux incroyables et incline mon menton pour attraper son pouce et le sucer. Dès ma première succion vigoureuse, je suis presque à nouveau au bord de l'orgasme.

Alistair expire de cette façon particulière qu'il a quand il essaie de se contrôler.

J'ai envie de dire *Non. N'essaie pas. Perds simplement le contrôle avec moi.*

Il enfonce son pouce plus profondément, et je manque encore de jouir. Puis il y a trois doigts dans ma bouche et il embrasse mes lèvres grandes ouvertes, me léchant pendant que je gémis. Son autre main trouve ma chatte, brûlante et douloureuse de désir pour lui. Je halète quand il pousse son doigt en moi sans prévenir, et je sens mes muscles palpiter autour de lui.

Putain.

Putain, Alistair.

Tellement bon.

Il grogne contre moi. — Tu es tellement mouillée.

Des vagues de plaisir me traversent. J'ouvre ma bouche plus grand. Je veux tout ouvrir plus grand pour lui, et je veux qu'il s'écrase en moi. Il enfonce son doigt plus profondément dans ma chatte et je halète.

Alistair grogne à nouveau, retirant sa main de ma bouche et prenant mon visage en coupe. — Tellement mouillée et délicieuse.

Son doigt trouve mon point G et je halète à nouveau. Il passe le bout de son doigt dessus pendant que son pouce travaille sur mon clitoris, glissant et gonflé.

— Ah ! Alistair. Encore. Je vais… — et avant que je ne puisse finir, je convulse autour de son doigt, le corps plié en avant par l'attraction et le plaisir. Je pousse un cri strident sans me soucier que le chauffeur m'entende. Je suis Candy. Je ne m'excuse pas de mon plaisir. Je gémis bruyamment et embrasse Alistair, gémissant dans sa bouche jusqu'à ce que mon corps cesse de trembler.

— Tu vas jouir encore une fois pour moi, dit Alistair.

— Si… autoritaire, je plaisante.

Il me saisit par les mollets et me fait glisser pour que je m'allonge sur le dos.

Affaiblie par tout ce qui s'est passé, je voudrais fermer les yeux, mais je ne peux pas m'empêcher de regarder Alistair. Comment est-il possible qu'une seule personne soit si belle *et* si douée au lit ? C'est un dieu parmi les hommes. Je l'ai su la première fois que j'ai posé les yeux sur lui.

Sans rompre le contact visuel, il glisse lentement sa magnifique bite en moi, si gonflée et prête, et je jouis immédiatement à nouveau.

CHAPITRE 38
Clôture électrique

ALISTAIR

Je ne pense plus en phrases complètes – tout n'est plus que

Putain

Ivy

Magnifique

Putain

Chatte chaude et mouillée

Putain

Dès mon premier coup de reins, elle se désintègre déjà, et tandis que je m'enfonce aussi profondément que possible, je savoure la sensation de sa chatte qui serre ma queue. Je la pénètre lentement, sentant l'étreinte et la regardant s'abandonner au plaisir. D'habitude, j'adore la pilonner pendant son orgasme, le rendant plus intense et plus long, mais pour l'instant, cette étreinte est exquise.

Une fois que ça commence à s'estomper, je la baise plus fort, plus vite. J'adore la baiser après qu'elle ait joui – elle est si docile et ouverte, un plaisir différent de quand elle est serrée et que j'ai du mal à entrer – pour ensuite presque exploser immédiatement quand j'y parviens. Quand elle est ouverte et humide comme ça, j'ai l'impression de pouvoir la baiser éternellement, aussi fort et vite qu'elle le désire.

J'accélère, et les gémissements graves d'Ivy s'intensifient.

— Oui, oui, oui, siffle-t-elle, les dents serrées.

Je veux aller plus profond. Je la plie en deux, pressant ses genoux contre ses épaules, puis m'enfonce à nouveau. La nouvelle position compresse ma queue d'une nouvelle façon, envoyant des picotements dans le bas de ma colonne vertébrale. Ses gémissements s'amplifient. Je sais que j'ai touché ce point spécial près de son col utérin quand elle commence à sangloter. Au début, c'est très léger et irrégulier, mais alors que je continue, sa réaction s'intensifie, se transformant en sanglots complets. Je dois la faire jouir encore ; c'est le seul moyen pour qu'elle puisse se libérer.

Je maintiens le rythme, ajoutant ma main au mélange, serrant d'abord son visage, puis plongeant mon pouce dans sa bouche avant de frotter son clitoris.

Elle crie brusquement entre ses sanglots.

— Tu as besoin de plus, je murmure, plus pour moi-même que pour elle.

— Oui, répond-elle, son expression reflétant le désespoir, prête à pleurer. Plus.

Après avoir joui tant de fois, elle aura besoin de quelque chose de différent pour la pousser au-delà du seuil.

Je me retire doucement et la retourne à quatre pattes, attachant son gilet autour de ses yeux comme un bandeau improvisé. Ivy adore généralement cette position, cambrant son dos pour me donner la meilleure vue possible. Sa chatte ruisselante et son magnifique petit trou rose. La pluie recommence, tambourinant sur le toit. La vue de son cul en l'air va droit à ma queue ; je l'attrape et serre la base pour me ralentir.

Ivy a le cul le plus succulent du monde. Je pourrais passer toute la journée – à genoux comme je le suis maintenant – à le vénérer : masser, embrasser, lécher, rimming, doigter, baiser.

Je m'exclame alors que ma queue se dresse encore plus haut.

Je me penche en avant et murmure à son oreille. — Je vais te baiser comme tu n'as jamais été baisée, d'accord ?

Elle hoche la tête.

— Utilise tes mots, Ivy. Dis-moi ce que tu veux que je te fasse.

Elle hésite, puis : — Je veux que tu me baises.

— Comment veux-tu que je te baise ?

— Comme... je veux que tu me baises comme je n'ai jamais... été baisée avant.

J'agrippe son cul à pleines mains. — Bonne fille.

Mon premier coup de langue est follement délicieux, et nous gémissons ensemble. Je la lèche tout le long, du devant de son clitoris, plongeant dans sa chatte, puis tournoyant sur son anneau.

Putain, c'est tellement bon. Je vais complètement perdre la tête. Ivy est la perfection.

— Oh, Alistair, gémit-elle, cambrant encore plus. Je n'en ai jamais assez de toi.

Je respire profondément et exhale mon souffle chaud sur elle, mordant la peau sensible à côté de ses lèvres, serrant ses fesses. Comment est-il possible que j'aie ce corps pour moi tout seul ? Ivy est la meilleure chose qui me soit jamais arrivée.

Je recommence, suçant son clitoris, plongeant dans sa chatte – *putain !* – et pressant ma langue contre son trou du cul parfait. Elle gémit et respire, et je n'ai pas oublié ce que je lui dois. Je passe ma langue le long de son intimité encore quelques fois, puis m'attarde sur son anneau plus longtemps que d'habitude avec un tourbillon doux et lent jusqu'à ce que ses gémissements deviennent plus urgents. Je ne veux pas la précipiter. Je pourrais faire ça toute la journée. J'utilise son tempo pour me guider ; plus elle semble proche de l'orgasme, plus je presse fermement ma langue en elle.

— Ah, putain, Alistair. *Putain.*

— Oui, dis-je, adorant la sensation, adorant sa réaction. J'essaie d'évaluer jusqu'où je peux aller avant qu'elle ne m'arrête. Je glisse deux doigts en elle, et elle gémit. Elle est proche.

Tout en la baisant lentement avec mes doigts, j'ouvre son anneau avec ma langue. Le gémissement d'Ivy est une chose magnifique.

Pu-u-tain.

Ma queue est si dure que c'en est douloureux. Je continue de tournoyer et sonder, allant plus profondément dans ce lieu interdit à chaque fois, le frisson électrique. Je gémis dans son cul, me perdant, puis pousse plus profondément.

Plus vraiment humain, je suis réduit à un animal sauvage prêt à chasser et baiser.

Poussant ma langue affamée plus loin, on dirait qu'elle pleure, désespérée que j'arrête, désespérée que j'aille plus profondément. Je commence à faire des va-et-vient avec ma langue tandis que je la baise doucement avec, son sphincter s'ouvrant magnifiquement pour moi chaque fois que je plonge plus profondément, ses muscles serrant mes doigts qui caressent l'intérieur de sa chatte veloutée. C'est juste trop bon – je sens mon contrôle qui m'échappe. Ma langue et mes doigts travaillent dans un rythme régulier, la baisant dans les deux trous alors que ses cris deviennent plus urgents et que ma queue est sur le point d'exploser.

Elle se rapproche. Trop près. Je pourrais la faire jouir comme ça, sauf que je sais qu'elle a besoin de cet orgasme cervical complet qui la fera pleurer, et je sais qu'elle y est presque. Je retire mes doigts et ma langue, plongeant immédiatement ma queue profondément dans sa chatte parfaite. Ivy gémit bruyamment, désespérément, et commence à travailler son clitoris pendant que j'enfonce le bout de mon pouce humide dans son joli petit trou. Elle est si bruyante maintenant que je suis sûr que le chauffeur doit s'inquiéter.

La pression de sa chatte sur toute la longueur de ma verge est putain d'incroyable. Je la sens partout. Je dois prendre une respiration pour ne pas jouir trop vite. Je ne veux jamais que ça se termine.

Ivy pleure et gémit tandis que je commence à pousser sérieusement, cherchant à atteindre ce point qui, je le sais, lui permettra d'obtenir la libération dont elle a besoin. Je sais que je l'ai touché quand elle commence à sangloter à nouveau, et c'est tout l'encouragement dont j'ai besoin pour la faire jouir.

— Accroche-toi à quelque chose, dis-je, et elle se prépare.

Je commence à pilonner ce point, rapidement et fort, alors que ses sons montent en intensité. Je continue, désespéré qu'elle ait l'orgasme puissant dont elle a besoin. Ivy frotte son clitoris rapidement, ses muscles se contractent. Elle est au bord du précipice. Je regarde le bout de mon pouce qui entre et sort, et ça me rend complètement fou.

Je suis submergé par mon désir urgent de faire craquer Ivy.

Je perds le contrôle. J'arrête de taquiner son bord avec juste le bout et plonge tout mon pouce dans son trou du cul glissant et serré.

Elle hurle alors qu'elle jouit plus fort que je ne l'ai jamais vue.

Tout son corps se contracte, les muscles se resserrant autour de ma queue et de mon pouce. Son corps est d'abord secoué par des contractions d'orgasme, puis par de bruyants sanglots. Je la baise à travers tout ça. Je tends la main et lui saisis la gorge comme elle aime, sentant ses convulsions dans son cou pendant qu'elle pleure, et je la pilonne aussi fort et profondément que possible, m'assurant qu'elle a la libération totale que je visais. Elle crie à nouveau quand une deuxième vague de plaisir la frappe, et de nouveau elle se contracte autour de ma queue et de mon pouce, et je pousse en hochant la tête.

— Bonne fille, dis-je, la voix épaisse d'émotion et de pure bestialité, mon pouce et ma queue la baisant à l'unisson. C'est ma fille.

Elle pleure de vraies larmes maintenant, pas les sanglots secs habituels qu'elle a avec ce genre d'orgasmes. Je me demande si je peux la pousser une dernière fois.

— Encore ? je demande.

J'ai besoin de le faire ; j'ai été mis sur cette terre pour ça. Je me sentirai désolé si elle dit non.

Au début, Ivy ne répond pas. Elle essuie ses larmes et renifle, mais ensuite elle répond.

— Oui, gémit-elle doucement. Oui. Encore.

J'inspire profondément pour m'empêcher de jouir immédiatement, juste après avoir entendu sa réponse. Puis je recommence, lentement d'abord, assez profondément pour que le gland de ma queue masse parfaitement le point. Ivy recommence sur son clitoris gonflé, et j'enfonce mon pouce en elle — jusqu'au bout — et commence à pousser.

Ivy hurle avant que l'orgasme ne la frappe. Je sais ce qu'elle ressent. C'est juste trop. Trop de sensations, trop de pénétration, trop de délicieuse baise pour rester sain d'esprit.

Je perds aussi la tête, je voudrais lui dire, mais je n'ai pas de mots. *Je suis aussi dépassé. Je suis fini. Tu m'achèves.*

Trois poussées profondes et joyeuses de plus dans son orgasme continu me mènent au mien. Avec une force que je n'ai encore jamais expérimentée, une chaude vague de pur bonheur exquis me traverse, comme si j'avais marché dans une clôture électrique qui ne vous choque qu'avec un plaisir corporel total. Ça crépite dans mes veines, fait fléchir mes genoux, et je me retrouve sur le cuir de la limousine, un enchevêtrement de sueur et de muscles en spasmes.

CHAPITRE 39
Sexe & Champagne

IVY

Nous rentrons à la maison sentant le sexe et le champagne, ce qui est devenu notre parfum signature. Le vol a été facile car Alistair et moi étions pratiquement dans le coma après nos ébats en route vers la piste d'atterrissage. Le chauffeur, dont je pensais qu'il pourrait exiger un paiement pour un nettoyage en profondeur de l'intérieur, a plutôt souri et fait signe - puis je me suis souvenue comment Alistair laisse des pourboires, et tout s'est expliqué. Le gars pourrait probablement financer les études universitaires de ses petits-enfants avec ce trajet à lui seul.

Nous entendons les chiens qui aboient d'excitation et échangeons des regards attendris. Comme c'est merveilleux d'être chez soi et en sécurité ! Reacher et Bijou se précipitent, aboyant et souriant, les yeux roulant. Je m'agenouille et les serre dans mes bras, puis caresse leurs ventres. C'est tellement luxueux de pouvoir faire cela.

—Bonjour, cher Reacher, dis-je. Je suis désolée d'avoir perdu ta médaille. Je t'en achèterai une autre. Bonjour, Princesse Bijou. Tu es toujours aussi jolie.

Elle porte son collier serti de strass.

—Une note de Brumilde, dit Alistair, en ramassant un morceau de papier sur l'îlot de la cuisine. Star et Ivy, bienvenue à la maison. Le frigo est rempli de nourriture et le dîner pour ce soir est prêt. Les chiens ont été nourris. Je suis au Manoir avec mon bel Alex. Merci d'avoir veillé à ce qu'il rentre sain et sauf. Je reviendrai avec lui dans mes bras demain ! - B.

—Ah. Mon cœur vient peut-être de fondre un peu.

—C'est pour ça que Mildew est l'une de mes personnes préférées au monde, dit Alistair.

—Parce qu'elle a rempli le frigo, ou parce qu'elle garde Alex ?

—Parce que, dit-il en se glissant vers moi, elle sait quand se faire discrète.

—Oh, oui, dis-je. Elle est plutôt douée pour ça. Je suis juste contente qu'elle ne soit pas là pour voir dans quel état nous sommes.

—Qu'est-ce que tu veux dire ? Tu es ravissante, comme toujours.

Je ris. —J'en doute fortement. J'ai besoin d'une douche et d'électrolytes. Peut-être de sommeil.

Sa caresse dans mon dos est légère comme une plume. —Je peux exaucer tes deux premiers souhaits.

—Tu n'es pas sérieux, réponds-je. Même *toi* tu dois être épuisé.

—Cette expression n'existe pas dans mon vocabulaire, dit-il. Du moins, pas quand tu es dans les parages.

—J'étais surprise que tu ne m'aies pas portée jusqu'à la salle de réunion dans l'avion. Tu ne m'as pas fait jouer le rôle d'hôtesse de l'air.

—Te faire jouer ? s'esclaffe-t-il. Si ma mémoire est bonne, c'est toi qui t'es déguisée pour cette... euh, *réunion* particulière.

Je souris en me rappelant la table tournante blanche, le champagne froid sur mes lèvres, mes fesses en l'air.

—J'ai toujours la broche, dis-je.

—Tu la mérites, répond Alistair. Il m'embrasse sur les lèvres, puis inspecte le réfrigérateur.

Je donne encore quelques caresses aux chiens puis me lave les mains. Le savon sent le luxe : thé vert et citronnelle.

—Vas-y, saute dans la douche si tu veux, dit Alistair, en sortant des contenants. Je vais réchauffer notre dîner. Tu vas te régaler. Mildew a préparé du poulet Épouse-moi. Cette femme mérite d'être canonisée. Ou anoblie. Selon sa préférence.

—Je suis tout à fait d'accord, dis-je en montant tranquillement les escaliers. Tu devrais lui donner une augmentation !

—Si je donnais une augmentation à Brumilde, elle gagnerait plus que le Premier ministre.

—Et qu'est-ce qui ne va pas avec ça ?

Je me sens cent fois mieux quand je m'assois pour dîner, fraîchement lavée, rasée et hydratée. Alistair a servi et réchauffé le dîner et versé de l'eau et du vin rouge. La casserole a l'air et sent incroyablement bon : crémeuse et riche. Ma bouche commence littéralement à saliver.

—Oh mon dieu, ça sent divinement bon. Qu'est-ce que c'est ?

—Français, je crois. Brumilde est toujours à la recherche de nouvelles recettes, et celle-ci a été présentée dans le *New York Times*. Elle y a ajouté sa propre touche - probablement en doublant l'ail. Elle double toujours l'ail. C'est un vrai régal pour tout le monde. Christopher la supplie de lui en faire parce qu'il est nul en cuisine mais en a marre de la nourriture de restaurant.

Je prends une bouchée, et le poulet fond dans ma bouche ; la sauce a une profondeur de saveur que je ne peux même pas décrire.

—Mais c'est... magique, murmurai-je.

L'umami et le côté salé du poulet, le basilic frais, les tomates séchées, le tout nappé de la sauce à la crème la plus veloutée. Je ne peux m'empêcher de lever les yeux et de remercier un dieu auquel je ne crois pas.

—C'est parce que tu meurs de faim. Et tu as été végétarienne pendant si longtemps que tu as oublié le goût du poulet.

—Ce n'est pas un poulet ordinaire.

—Tu as probablement raison, dit Alistair. Il a probablement été élevé à la main par des pèlerins et nourri uniquement de chou kale bio.

Je ris. —Est-ce que les poulets mangent même du kale ?

Il hausse les épaules. —Aucune idée. Tu voudrais que je te procure la recette ?

—Il n'existe aucun univers dans lequel la réponse à cette question serait "non".

—Considère que c'est fait.

Je charge une autre fourchette. —Ah, gémis-je, c'est tellement bon. J'étais complètement à côté de la plaque quand je fantasmais sur les restaurants étoilés au Michelin. *Ça*, c'est ce dont j'ai besoin. Je choisirais ça plutôt que des petites assiettes sophistiquées n'importe quand.

—Comme je l'ai dit, déclare-t-il d'une voix traînante, tu as faim.

Je lui lance un sourire espiègle. — Je suppose que nous avons effectivement travaillé notre appétit dans la limousine aujourd'hui.

— Je suppose que oui, répond-il. Je suis prêt à continuer quand tu le seras.

— Tu plaisantes, j'espère. La seule chose que je vais toucher ce soir, c'est l'oreiller.

— Rabat-joie.

— Tu vas me donner une infection urinaire, dis-je.

Alistair manque de recracher son vin. — Bon, si tu le présentes comme ça...

— Tu n'en as jamais assez ? je demande.

— De toi ? répond-il.

Je ris, mais il est sérieux. Je vois cette étincelle dans ses yeux à nouveau, qui réchauffe mon clitoris. Je me repositionne sur ma chaise. — Honnêtement, je ne peux pas. Je n'ai plus d'énergie. Après ce festin, je serai complètement dans le coma.

— À ce propos, Mère nous a invités à déjeuner demain. Pour une célébration. Ça te dirait d'y aller ?

— Bien sûr que j'aimerais y aller, je réponds en prenant une autre bouchée. Tant qu'on peut faire la grasse matinée d'abord.

Je pourrais même lire quelques pages d'un livre — un autre luxe indulgent que je n'ai pas eu dernièrement.

— Regarde-toi, médite Alistair. Manger du poulet et faire la grasse matinée. J'ai du mal à reconnaître qui tu es devenue.

Je devrais le frapper pour ça, mais au lieu de cela, je prends une gorgée de vin et dis : — On peut parler affaires ?

Surpris, il pose ses couverts. — Bien sûr. C'est à propos de la liste des oui-non-peut-être ?

Je ris. — Pas ce genre d'affaires.

— Alors, non. Ne le faisons pas.

— Je voulais discuter de la fondation. Ça ne prendra pas longtemps.

L'expression d'Alistair s'adoucit. — Vas-y, alors.

J'entends Bijou ronfler depuis son panier et je souris. — J'aimerais juste te soumettre quelques idées. Voir si quelque chose t'interpelle.

Je m'attends à une remarque pleine de sous-entendus, mais Alistair se retient.

— Je dois choisir une cause qui me tient à cœur, mais il y en a tellement ! Je pensais... peut-être soutenir les familles avec des enfants trisomiques ? Parce que Dieu sait que cela aurait aidé mes parents quand nous grandissions.

— Ça me semble excellent, dit Alistair en versant plus de vin.

— Ensuite, évidemment, la crise climatique. Ça semble si vaste et nébuleux, mais je sais que je peux faire une différence.

— Tu dois travailler sur une cause environnementale, acquiesce-t-il. C'est essentiel. Pas seulement pour toi, mais pour la planète.

— Vraiment ? je dis.

— Pourquoi as-tu l'air si surprise ?

— Euh... parce que tu es milliardaire et que ton empreinte carbone est plus grande que celle d'un petit pays africain ?

— Aïe, répond-il, avec un sourire en coin.

— Et parce que Ravenscroft Enterprises est connue pour son manque de responsabilité et de transparence concernant la responsabilité climatique. Ton entreprise est pratiquement un trou noir où l'optimisme pour la planète va mourir.

— Putain, dit-il. Ne te gêne surtout pas pour enrober les choses afin de protéger mes sentiments.

Je ris. — Je ne savais pas qu'un grand méchant milliardaire avait besoin de moi pour protéger ses sentiments.

— Je ne suis pas fait de pierre, tu sais.

— Bien sûr, je le taquine. C'est ce que tous les milliardaires disent, juste avant de chier sur les droits de l'eau et la protection alimentaire.

— Je pensais qu'on avait dépassé ça.

— C'est le cas. Il s'avère qu'il y a un milliardaire que je *ne* déteste *pas*.

Alistair frotte mon pied nu avec le sien. — Ce fils de pute a de la chance.

— Comme il dirait : *en effet*.

— Sur quelle cause penses-tu que je devrais travailler ? Il y a aussi les droits des animaux, des programmes pour les orphelins russes, et le soutien aux survivantes de violences conjugales.

— Elles semblent toutes également méritantes, répond Alistair. Faisons-les toutes.

Je fronce les sourcils. — *Toutes* ? Mais alors nous aurons besoin de —

— Plus de personnel ? Plus de budget ? Pas de problème. Considère le chèque en blanc comme signé. Tu sais, si signer des chèques était encore une chose.

— Tu es sérieux.

Maintenant, il fronce les sourcils tout en débarrassant nos assiettes. — Bien sûr que je suis sérieux. Je pensais qu'à ce stade, tu saurais que je ferais n'importe quoi au monde pour toi. Mon argent est ton argent, même si historiquement tu as refusé de le dépenser.

— Mais... ta famille.

— Quoi, ma famille ?

— Ils ne seront pas contents que je dépense les revenus de Ravenscroft pour mes causes d'âme sensible.

Alistair charge le lave-vaisselle pendant que j'essuie les surfaces.

— Premièrement, je me fiche de ce qu'ils pensent. Je suis le PDG, et c'est moi qui prends les décisions. Deuxièmement, si quelque chose compte pour toi, ça compte pour nous tous. Troisièmement, l'entreprise a besoin d'un département de responsabilité sociale depuis des années, et j'ai été trop occupé pour en mettre un en place. Donc en fait, tu me rends service. De plus, Mère t'aime comme sa fille et te respecte plus que quiconque que je connaisse. Elle ne bloquera pas cela, surtout avec la planification du mariage en cours.

J'avale difficilement. — Planification du mariage ?

Alistair rit. — Oh, oui. Prépare-toi à une avalanche de questions et de suggestions demain.

— Oh, mon dieu.

— Ouais. Ne t'inquiète pas, on essaiera de rendre ça amusant.

— Je préférerais me concentrer sur la fondation.

— Excellent. Mère sera ravie. Laisse-la s'occuper de la planification et de l'organisation pendant que tu te concentres sur le travail important. Une solution élégante. Tu es sûre que tu ne veux pas baiser ? Tu as l'air extrêmement désirable debout comme ça.

Il s'approche et fait glisser ses mains le long de mon dos, me faisant frissonner.

— J'adorerais être ton esclave sexuelle, M. Ravenscroft, mais j'ai tellement peur d'être si fatiguée en ce moment que si je ferme les yeux une seconde, je m'endormirai comme une masse.

— Compris, murmure-t-il dans mon cou.

— Qu'est-ce que tu voulais dire tout à l'heure quand tu as dit que tu te souciais vraiment de la planète ? Que ce travail est *essentiel* ? D'où ça vient ?

— Oh, tu sais, répond-il. De mon cœur froid et pierreux.

J'enroule mes bras autour de son cou. — Dis-moi.

— Appelle ça une crise de conscience, répond-il. Rien de plus. Juste avant notre rencontre, j'ai décidé que je voulais que Ravenscroft soit plus respectueuse de l'environnement. Ironique, je sais, étant donné ma... gamme d'... expertise. Je savais que ce serait difficile.

Je plisse les yeux. Je suis suspicieuse, même si je crois que cet homme ne m'a jamais menti. — Pourquoi ne me l'as-tu pas dit avant ? Ça semble être un détail assez important à omettre quand je t'accusais d'être un connard pollueur de planète.

— Parce que je l'étais et je le suis toujours. Et parce que tu aurais pensé que je mentais pour me glisser dans ton lit.

Je hoche la tête. Il marque un point.

— Alors tu as décidé de te glisser dans mon lit d'abord et de te confesser après.

— Je suppose que oui. ... Est-ce que ça veut dire que je peux ? Me glisser dans ton lit ?

Une pièce du puzzle dans ma tête se met enfin en place avec un clic net mais éblouissant. — Oh mon dieu, dis-je. C'est pour ça que tu étais à la manifestation.

— C'est pour ça que j'étais à la manifestation, confirme-t-il, ses paumes chaudes se déplaçant vers mes côtes puis vers ma poitrine sans soutien-gorge tandis qu'il pince mes tétons à travers mon vieux t-shirt. Mon sexe se réveille avec une ardeur vengeresse. Je me presse contre lui, savourant son corps chaud et solide contre le mien.

— Je n'ai jamais rien entendu de plus sexy de ma vie, dis-je. Permission accordée.

— Je peux penser à quelque chose de plus sexy, répond-il. Depuis que je t'ai rencontrée, j'ai commencé à trier mes déchets recyclables.

J'éclate de rire.

— Maintenant je paie pour compenser mon empreinte carbone quand je prends l'avion, j'offre un programme de vélo-boulot au bureau, et j'essaie, autant que possible, de *ne pas* acheter d'eau en bouteille.

Souriant comme une idiote, je ris. — Putain, t'es tellement sexy là.

Alistair rit aussi, et nous nous étreignons fermement tandis que mon bassin s'embrase. Puis il me soulève du sol — je pousse un cri de surprise — et me porte à l'étage jusqu'au donjon.

CHAPITRE 40

Belle Petite Putain

ALISTAIR

Je porte Ivy dans les escaliers comme une mariée — ce qu'elle sera bientôt, si la chance me sourit. Je fais glisser la porte cachée de notre deuxième chambre et la dépose délicatement sur le lit. D'habitude, elle aime être bousculée, mais ce soir, je me sens particulièrement tendre. Ça ne me dérangerait pas de faire l'amour avec elle de façon classique — douce et amoureuse. Je m'assieds à côté d'elle au bord du lit et lui caresse les cheveux.

— J'ai envie de quelque chose de pervers ce soir, annonce-t-elle.

Mon plan — d'ailleurs peu convaincu — s'évapore, et ma queue vote un grand et solide *oui*.

— Tu dis toujours les meilleures choses, lui dis-je. Qu'est-ce que tu veux faire ?

— Ne me demande pas. C'est ton boulot !

— Mmm, je pose mon menton sur ma main. C'est vrai.

— Tu as de la tequila ici ?

— Oh mon dieu, pas encore, dis-je, mais je ne le pense pas. En fait, j'adore quand elle boit de la tequila — elle devient si drôle et enjouée. Mon souvenir du sexe lui-même est flou, mais je me rappelle que c'était excellent.

— Oh, s'il te plaît, glousse-t-elle. Tu m'adores quand je suis soûle.

— C'est vrai, dis-je. Tu es la meilleure personne ivre que j'aie jamais rencontrée.

— Tu es censé dire que tu m'aimes aussi quand je suis sobre.

— Je t'aime aussi quand tu es sobre. Je t'aime habillée, et je t'aime nue. Je t'aimais sans pouvoir et sans le sou, et j'aime la force de la nature que tu es devenue.

— Maintenant tu essaies juste de marquer des points. Pourquoi ? Qu'est-ce que tu as prévu ?

— Rien de particulier. Est-ce important d'avoir un plan ?

— Je suppose que non. Je pensais que tu aimais ça. C'est toi le planificateur. Celui qui atténue les risques.

— Je peux te trouver de la tequila, ou n'importe quoi d'autre que tu voudrais. En fait, j'ai peut-être des bonbons dans mon tiroir rock'n roll.

Ivy ricane. C'est adorable. — Ton *quoi* ? On joue à être des ados de seize ans ?

— Mon dieu, Ivy. Si on s'était connus quand on avait seize ans. Tu imagines ?

— On n'aurait pas survécu. On aurait pris feu spontanément.

— Parce que le sexe aurait été si dingue, c'est ça ?

— Non, rit-elle. Parce que le voyage dans le temps est dangereux. On a une différence d'âge, tu te souviens ?

— Ah, ça. Peu importe, alors. Laisse-moi vérifier le tiroir.

— Tu as vraiment un tiroir rock'n roll ?

— Ouais. Préservatifs et drogues. Une flasque de whisky. Peut-être un médiator.

Elle bondit. — Je veux voir ça.

J'ouvre l'une des portes élégantes du placard d'une légère poussée et tire le tiroir. Le contenu est à peu près comme je m'en souvenais.

— Putain, remarque Ivy. Tant de révélations ce soir. D'abord, tu es un activiste climatique caché —

Je ris. — Vraiment, je ne le suis pas.

— Et maintenant, tu es un fumeur de weed.

— Je n'irais pas jusque-là.

— Tu es honnêtement beaucoup plus mon genre que je ne le pensais.

— Je suis toujours l'homme que tu pensais que j'étais.

— Un homme d'affaires coincé.

— Un homme d'affaires coincé avec... certains penchants.

— Penchants, répète Ivy. J'ai toujours trouvé que ce mot sonnait si... cochon.

— Je ne prends des bonbons que très rarement, quand une partenaire le souhaite. Comme tu le sais, je n'aime pas me sentir hors de contrôle.

— Alors pourquoi en prendre ?

— Ivy, dis-je lentement. Tu veux dire que tu n'as jamais fait l'amour sous l'influence du cannabis ?

— Exact. Pourquoi le ferais-je ? Ça me fait me sentir bizarre et paranoïaque.

— Oh, douce innocente, dis-je. Tu vas passer la meilleure des nuits.

Je place deux bonbons bleus dans sa paume, et je prends la même chose.

— Ça met un moment à faire effet, alors je vais mettre les chiens à l'écart et nous chercher à boire. Ensuite, on pourra discuter de la liste qu'on a négligée pendant qu'on attend que ça agisse.

— Tu vois ? dit-elle, en sautant de nouveau sur le lit et en s'asseyant en tailleur. Tu *es* un planificateur. Le meilleur planificateur que je connaisse.

— Gin tonic ? Un de ces géants que tu aimes ? Tu ne voudras pas de vin rouge avec la bouche sèche.

— Oui, s'il te plaît ! Je vais sortir la liste.

Quand je reviens, nous trinquons.

— Je me sens déjà excitée, dit Ivy. Je pense que c'est parce que je suis enthousiaste. Lire la liste me rend toujours super chaude.

— Noté, je réponds, en m'installant en face d'elle. Qu'est-ce qui vient en premier ?

— OK, alors on a déjà fait voyeurisme, adoration de la vulve, lingerie et porno.

— Oui enthousiaste de ma part pour tout ce qui précède.

— Et... jeux de température — fait. Trio — fait. Sexe tantrique. Je sais que tu n'es pas très enthousiaste à l'idée d'essayer le tantra, mais tu sais que ça m'intéresse vraiment, non ?

— En fait, j'ai un plan pour ça, lui dis-je. Je pense que ça te plaira.

Ivy se mord la lèvre et se tortille. — C'est excitant.

— Ensuite ?

— Échangisme. Troc de partenaires.

Je n'ai pas besoin de réfléchir deux fois. — NON enthousiaste sur celui-là.

— Allez, tu ne veux pas que je sois une hashtag-hotwife ?

— Pas si ça signifie ce que je pense.

Elle agite ses sourcils vers moi. — Tu pourrais regarder.

— Alors c'est un non doublement enthousiaste.

— Si-i-i-i conservateur, M. Ravenscroft, me taquine-t-elle, en faisant briller ses dents blanches parfaites.

— Eh bien, c'est une chose qu'aucune amante ne m'avait jamais dite auparavant.

— Tu te rends compte que tu vas devoir assouplir ta position là-dessus.

Je la fixe assez longtemps pour la faire rougir. — Explique-toi.

— C'est juste injuste, c'est tout. Tu as le droit de profiter du corps d'autres femmes quand on joue ensemble, mais tu dis que je ne peux jamais toucher un autre homme. *Pour le reste de ma vie.* Parce que c'est le temps que je veux rester mariée avec toi.

Je prends une inspiration. — Je ne veux pas être injuste. C'est juste une limite ferme pour moi. Je ne peux pas te partager, jamais. Pas avec un autre homme.

Elle redresse sa colonne vertébrale et relève le menton. — Et je ne te tromperais jamais. Mais cette discussion n'est pas terminée.

— D'accord, dis-je, espérant que nous puissions rapidement passer à autre chose.

— D'accord, répond-elle, avec une dureté dans les yeux qui n'y était pas auparavant.

Ce n'est pas qu'elle n'ait pas raison. Je comprends que c'est injuste que je puisse être avec d'autres femmes alors qu'elle ne pourra pas explorer avec d'autres hommes. Logiquement, elle mérite de gagner cette dispute – mais ce qu'Ivy ne comprend pas, c'est que la simple évocation de l'idée qu'un autre homme puisse la toucher me remplit d'une rage folle. Je ne me considérais pas comme particulièrement possessif avant de rencontrer Ivy, mais mon doigt me démange littéralement quand j'imagine quelqu'un d'autre la tenir dans ses bras. Ça ne peut jamais arriver.

— Je sais comment résoudre ce problème, dis-je.

Elle semble pleine d'espoir.

— Je vais simplement te rendre si ridiculement heureuse que tu n'auras jamais *envie* d'être avec un autre homme.

Ivy sourit. — C'est déjà le cas. Je ne veux personne d'autre. Et je ne te tromperai jamais, jamais. C'est juste que j'ai un problème avec cette inégalité.

— Je comprends, dis-je. Nous continuerons d'en parler.

Bien sûr, je ne le pense pas vraiment. Ce que je veux dire, c'est que je vais garder Ivy si bien choyée, si en sécurité, si aimée et si bien baisée qu'elle ne sera jamais tentée de regarder un autre homme.

Elle sourit, bercée par un faux sentiment d'égalité qui n'existe pas. — On passe à autre chose ?

— On passe à autre chose.

— Soumission - fait. Striptease - est-ce que je l'ai fait ?

— Non, je réponds. Je pense que je m'en serais souvenu.

Elle semble soudain timide. — Je me sentirais ridicule.

— Tu n'aurais pas l'*air* ridicule. Je pourrais glisser des billets de cinquante livres dans tes sous-vêtements.

— Oh, ses yeux s'illuminent. Ça devient beaucoup plus intéressant.

Ma queue se dresse. Je tire son visage vers le mien et l'embrasse.

— Dis-le, murmure-t-elle.

— Dire quoi ?

Toujours en chuchotant : — Dis que je suis ta belle petite putain.

Je secoue la tête. — Tu n'es pas une putain. Tu es tout le contraire de-

Ivy me coupe, respirant sur ma joue. — Si, je le suis. Je baise avec toi pour de l'argent.

Je ris, mais je suis inexplicablement excité. Je suppose que je devrais jouer le jeu et voir où ça nous mène. — Combien pour ce soir ?

Elle mordille mon oreille. — C'est à toi de décider.

— Si c'était à moi de choisir, je te céderais toute ma fortune nette.

— Ce n'est pas comme ça que ça marche.

— Dis-moi alors. Comment ça marche ?

CHAPITRE 41
Contes de fées

IVY

Est-ce que je couche avec Alistair pour son argent ? Bien sûr que non. Mais en toute honnêteté, je sais que son immense richesse est un facteur d'attraction majeur pour moi. Je comprends la science derrière tout ça — la survie de l'espèce. Les femmes sont instinctivement attirées par les hommes qui peuvent subvenir à leurs besoins et à ceux de leurs enfants, tandis que les hommes sont attirés par des femmes suffisamment jeunes et en bonne santé pour porter des enfants. Cela explique ces mariages mutuellement avantageux entre quadragénaires et jeunes mannequins ou épouses trophées. C'est un instinct primitif profond qui persiste malgré nos jugements moraux. Les hommes se font ridiculiser pour courtiser des femmes deux fois plus jeunes qu'eux, et les femmes sont étiquetées comme « chasseuses de fortune ».

Cet instinct est un peu plus ancré en moi que je ne l'avais jamais réalisé. Peut-être qu'une des raisons pour lesquelles je méprisais les milliardaires était que, au fond, je savais que j'étais incroyablement attirée par eux. Pas idéal pour une femme prête à s'attaquer à la crise climatique.

— Tu vas recevoir une grosse enveloppe demain matin, me promet Alistair. Et tu vas la dépenser. Pour toi-même.

Ça a toujours été difficile pour moi. Dépenser de l'argent pour moi-même me semble irresponsable, frivole et égoïste. Tant de gens dans le monde en ont plus besoin que moi.

Comme s'il lisait dans mes pensées, Alistair ajoute : — *Et* tu vas dépenser une putain de tonne de *mon* argent pour tous ceux qui en ont besoin.

Tout mon corps se détend. — Merci.

Il me lance un regard interrogateur. *Pour quoi ?*

— Pour me connaître si bien. Pour l'argent de dévergondage. Pour le poste à la fondation. Pour toujours dire ce qu'il faut.

— Ce n'est pas un *poste*, Ivy. Tu diriges la chose. C'est entièrement à toi.

— Merci, dis-je à nouveau, me sentant soudain émotive. Cet homme. Putain. Il ne saura jamais à quel point je l'aime. Cette fois, c'est moi qui me penche en avant et l'embrasse, même si mes sinus me piquent de larmes. Il est tout pour moi.

— Si tu prévois un strip-tease, dit-il, préviens-moi. Je dois prendre mon portefeuille.

— Marché conclu, je ris. On continue ?

— Oui, continuons, répond Alistair. Mais j'aimerais noter pour mémoire que nous parlons beaucoup alors que notre temps pourrait être mieux employé d'autres façons.

— On parcourt la liste, tu te souviens ? En attendant que le cannabis fasse effet. Tu sens quelque chose déjà ?

— Pas encore, dit-il. Mais ça semble prendre une éternité. On pourrait parcourir toute la liste si on essaie.

— Je ne veux pas me précipiter, dis-je. C'est, genre, la base de notre relation. Qu'est-ce qui se passera si nous la *terminons* ?

— Les horloges s'arrêteront, et nous nous effondrerons en un tas de vieux os et de cendres. Un truc comme ça.

— Sympa, je réponds. Quelle fin heureuse. Tu devrais écrire des contes de fées.

— Ce que je sais des fins heureuses ne figurerait jamais dans un livre pour enfants.

Je lui souris. — Qui a parlé d'un livre pour enfants ?

Il me pousse en jouant.

— Oh, en voilà un pour toi, dis-je. Jeux avec gode-ceinture. Donner ou recevoir.

— J'ai l'impression que tu inventes exprès des choses. Des choses face auxquelles tu veux me voir reculer.

— Pas de gode-ceinture pour toi, alors ?

— Zéro intérêt, mais merci de demander.

— D'accord, ensuite c'est... l'éjaculation féminine ! Fait. Je n'arrive toujours pas à croire que tu m'as fait éjaculer. Je m'en souviendrai toujours. Je devrais le noter dans mon journal. Mon anniversaire d'éjaculation.

Alistair rit. — Tu es *sûre* que tu ne te sens pas défoncée ?

— Quoi ? Pourquoi ?

— Parce que tu parles de commémorer ton anniversaire d'éjaculation.

Je glousse. Ça fait tellement de bien. Ah... peut-être que je commence à me sentir un peu stone. — On pourra célébrer chaque année. Mon éjac...

Alistair se couvre les oreilles et ferme les yeux. — Ne le dis pas !

— Mon éjaculiversaire !

— Oh mon dieu, rit-il, se tenant le ventre. Je n'arrive pas à croire que tu aies dit ça.

Je continue de glousser. Comme c'est agréable de se sentir si détendue et d'expérimenter ce fou rire difficile à arrêter ; cette joie incontrôlable qui frôle l'hystérie.

— Tu adores ça, je dis.

Alistair secoue la tête. — Non. Vraiment pas.

— Tu as adoré me faire éjaculer, dis-je.

— C'est différent.

— Je vais te faire imprimer un t-shirt. Avec la date au dos.

— N'ose même pas, dit-il, essayant de ne pas rire.

— Éjaculiversaire ! 12 janvier 2025.

— Pitié, mon dieu, non.

— Non ? je demande innocemment. Très bien. *Rabat-joie.* Alors un mug. Pour ton bureau.

Il renifle et se plie en deux. Ok, d'accord, nous commençons tous les deux à nous sentir un peu défoncés.

Je ne peux pas m'arrêter. — Imagine ton assistante. Je glousse. Gazinski qui t'apporte un flat white dans ce mug.

Nous éclatons tous deux de rire, et Alistair cligne des yeux pour retenir des larmes de joie.

J'essaie de m'arrêter et je m'éclaircis la gorge, voulant reprendre le fil. Je plisse les yeux sur la liste sur mon téléphone, et les mots sont décidément flous. Pourtant, je m'accroche. Respiration profonde. — La cuillère ? Je pensais que faire la cuillère signifiait câliner.

— C'est le cas, répond Alistair. Faire des câlins avec option bite en supplément.

Je pouffe de rire, ou peut-être de choc. — Je ne regarderai plus jamais une cuillère de la même façon.

— C'est compréhensible, dit-il.

— D'accord. Fessée-fait. Sexe lent-fait. Sexe sous la douche-fait. Regarde comme on est doués avec cette liste ! On devrait recevoir une médaille.

— À ce rythme, il te faudra une vitrine entière pour tous tes t-shirts et tes mugs. Ensuite ?

— Acheter des jouets sexuels.

— Pas nécessaire, répond Alistair, faisant un geste grandiose vers son impressionnante collection.

— J'ai l'impression qu'on ne joue pas assez avec les jouets.

— Pourquoi ne pas en choisir un pour ce soir, alors ?

— Un seul ? je le taquine.

— Autant que tu le souhaites.

— Ensuite : sexe en extérieur. Fait ! On devrait retourner en Thaïlande un jour. J'y ai vécu certaines de mes meilleures et plus folles expériences sexuelles.

— Comme tout le monde, raille Alistair.

— Soirées libertines-fait. Mais tu sais qu'il m'en faut plus. Comme toujours, je pense à Freya. Je crois que j'y penserai toujours. Ma première soirée libertine, ma première vraie rencontre sexuelle avec une femme.

— Je le sais, dit-il en caressant ma cuisse. C'est tellement bon. — Et je vais faire en sorte que ça arrive.

— Tu y penses parfois ? je demande. À Freya et moi, dans cette salle de jeux sensoriels ?

Il rit et frotte sa barbe naissante. — Si j'y *pense* parfois ? C'est un euphémisme. C'est devenu l'un de mes souvenirs préférés pour me masturber.

Je me redresse à nouveau. — Vraiment ? Quoi d'autre ? On peut les recréer !

Il inspire profondément et y réfléchit. — D'accord, alors, Freya. Te toucher dans le bain pour la toute première fois. Te voir lécher du chocolat sur cette femme à Iniquity.

Je ne peux m'empêcher de l'interrompre. — La bouteille de champagne !

Alistair sourit. — La bouteille de champagne. Te doigter dans ce restaurant. Te baiser au Raven.

— Quelle fois ? je demande.

Ses yeux brûlent dans les miens. — Chaque fois.

Mon clitoris qui picotait avant est maintenant pratiquement en feu. J'ajuste ma position, mais ça n'aide pas. On ne va pas réussir à parcourir toute la liste. Pas ce soir, en tout cas.

— Quel est *ton* souvenir le plus intense ? demande-t-il.

C'est difficile à répondre – presque impossible. Rien ne se compare au sexe que j'ai avec Alistair. Il m'a tellement appris et m'a permis d'expérimenter tant de nouvelles choses. Pourtant, il attend une réponse, et je ne peux pas simplement dire « tout ».

— Je pense que c'était cet orgasme cosmique, destructeur de galaxies, qui a parcouru tout mon corps en Thaïlande. C'était comme être électrocutée par le plaisir. J'ai cru que j'étais morte.

Alistair rit. — Je m'en souviens. Tu m'as accusé de t'avoir tuée.

— Tu m'as tuée, je réponds. J'étais morte.

— Délicieusement morte, dit-il en m'embrassant à nouveau. Je tends la main et sens son sexe qui se tend contre le tissu de son pantalon.

Je ne suis pas sûre de pouvoir continuer à lire encore long-temps. Je suis tellement excitée que j'imagine Alistair me baisant lentement par derrière pendant que nous discutons de la liste.

— Jeux sexuels, je lis.

— C'est un peu vague.

— Trop vague, je suis d'accord. On pourrait avoir une liste entièrement séparée pour les jeux sexuels.

— Je m'en occuperai, dit-il.

— Tu ne vas *pas* demander à Gazinski de faire ça.

— D'accord, répond-il. Qui est le rabat-joie maintenant ?

CHAPITRE 42
Univers parallèle de plaisir

ALISTAIR

Je sens la chaleur du cannabis se répandre dans mon corps. Yeux secs, bouche sèche, mais la sensation profonde et délicieuse que je ressens partout ailleurs compense largement. Nous nous sentons tous les deux légers et enjoués, et c'est ma façon préférée d'être avec Ivy — à moins que nous ne soyons obscènes et d'une intensité sombre, ce qui est un tout autre univers parallèle de plaisir.

Ivy plisse les yeux devant l'écran de son téléphone, ayant plus de mal à lire maintenant que les drogues font effet. — Sexto, fait. Jeux de cordes, fait.

— Subaru, quelqu'un ? je plaisante.

Elle rejette la tête en arrière et rit, puis se ressaisit rapidement. — Jeu de rôle, fait. J'ai la broche de jet privé pour le prouver.

— Ça, d'ailleurs, fait aussi partie de mes fantasmes préférés.

Elle ricane. — Je n'arrive pas à croire que tu viennes de dire « fantasmes préférés ».

— C'est parce que tu me fais sentir comme un adolescent dans l'âme.

— Je soupçonne que c'est plus dû à l'herbe qu'à ma présence. Ah, en voilà un bon, dit Ivy. Lecture d'érotisme.

— On pourrait se faire la lecture, je dis. Ce serait tellement excitant.

Les yeux d'Ivy s'enflamment. — J'adorerais ça. *J'adorerais.* Je vais trouver quelque chose en ligne.

— Pas du tout. On va acheter quelque chose. Il nous faut de la marchandise de qualité.

— De la marchandise de qualité, ricane-t-elle. Fantasmes préférés et marchandise de qualité. J'ai l'impression de ne pas connaître cette version de toi.

— La version défoncée ? je demande. C'est une mise à niveau de ma personnalité habituelle. Moins... rigide.

Ivy me lance un regard coquin. — J'aime ta façon de dire... *rigide.*

— Attends de voir quand je te lirai de l'érotisme.

Elle expire rapidement et s'évente. — Seigneur.

Je rigole. — Seigneur ? Tu es aussi une version différente de toi-même. Je parie que tu n'as jamais dit « Seigneur » avant, jamais.

— Tu gagnerais ce pari. Regarde-nous, on fait du jeu de rôle sans même essayer. Tu es le surfeur décontracté avec tes fantasmes préférés et ta marchandise de qualité. Je suis l'héritière géorgienne qui s'évente en rougissant quand tu es dans la pièce.

— Ha, dis-je. Oublions la lecture. Tu pourrais écrire de l'érotisme.

— Je n'en serais pas capable. OK, c'est un mensonge complet. Je pourrais totalement le faire.

— Je lirais cette histoire avec passion. Ou n'importe quelle histoire écrite par toi.

Ivy rebondit d'excitation, ses seins absolument

parfaits. — Si je n'étais pas aussi défoncée — ou excitée — je commencerais tout de suite !

— Eh bien, tu auras besoin de faire quelques... recherches... d'abord. Je peux t'aider pour ça. Heureusement pour toi, j'ai du temps libre. On peut commencer tout de suite.

— Si généreux, sourit-elle en rampant vers moi. Apprends-moi, ô sage avec tant d'expérience. Je ne suis qu'une innocente. Pratiquement vierge comparée à toi avec ton impressionnant tableau de chasse.

— Toujours d'humeur coquine ? je demande, jetant un œil vers les armoires cachées. Dois-je nous trouver quelques jouets ?

— Oui s'il te plaît, acquiesce-t-elle avec enthousiasme. Plus c'est coquin, mieux c'est. À des fins de recherche uniquement, évidemment.

— Oui. Je souris. Évidemment.

Je tamise davantage les lumières et allume plus de bougies — l'une d'elles étant une bougie de massage qui sent les fleurs et les épices. Je choisis un nouveau vibromasseur pour chacun de nous, un collier et un corset en cuir noir pour Ivy, ainsi que les accessoires de cosplay de renard que j'ai commandés en ligne : oreilles de renard, moustaches et queue.

— Wouah, dit Ivy quand elle les repère, ses yeux s'illuminant de désir et de malice.

— Trop ? je demande.

Elle secoue la tête. — Non. Juste... inattendu. Je suis excitée.

— Et tu utiliseras tes mots si c'est trop, ou si je dois juste ralentir ?

— Oui, répond-elle, clignant des yeux timidement. Oui, M. Ravenscroft.

Je m'assieds à côté d'elle et commence à faire glisser mes doigts sur ses épaules, ses bras, puis ses jambes, aussi lentement que possible.

— Seigneur, murmure-t-elle. Ça fait tellement du bien. Pourquoi n'avons-nous jamais fait ça avant ?

— Parce que nous n'avons pas besoin de drogues pour avoir un excellent sexe.

— Mais. Mais ça. C'est comme... comme si tout mon corps était... quand tu me touches comme ça, tout mon corps est... c'est tellement... délicieux.

— Je vise à satisfaire, dis-je, content qu'elle ressente le high corporel du THC. Je lui enlève ses vêtements et l'allonge sur le ventre, versant de l'huile de coco chaude partout sur elle. Elle soupire de plaisir quand je commence à la faire pénétrer, massant son dos, son cou, ses fesses.

— Tellement bon, murmure-t-elle. Tu as des mains magiques. Magiques.

Je continue, sachant que plus je passe de temps à détendre son corps, meilleur sera son orgasme. La combinaison du cannabis et d'un massage à l'huile de coco a toujours été l'une de mes stratégies de chambre les plus puissantes. Cela se termine presque toujours par un orgasme explosif qui parcourt tout le corps, surtout si elles se sentent suffisamment en sécurité pour se laisser complètement aller. Ivy est différente de mes anciennes amantes — meilleure à tous égards, bien sûr — et je suis presque certain qu'elle aura l'un des meilleurs orgasmes de sa vie si je joue bien mes cartes. Je passe une bonne demi-heure à frotter, caresser et presser la magnifique peau d'Ivy qui brille dans la lumière dorée des bougies. Si je n'étais pas aussi excité, je pourrais continuer pendant des heures. Toucher Ivy est un plaisir en soi, et si je pouvais y consacrer le reste de ma vie, je serais heureux.

— Ah, soupire-t-elle. Alistair. Si bon.

Je me concentre maintenant sur ses fesses, faisant couler l'huile le long de sa fente pour qu'elle glisse jusqu'à sa chatte, puis je la fais pénétrer avec des mouvements fermes et larges.

Elle cambre son dos pour me faciliter l'accès. Je me délecte à frotter sa chatte pendant un moment tandis que sa respiration s'accélère. Mais elle ne peut pas jouir encore. C'est beaucoup trop tôt. Je la retourne et elle rit de surprise.

— Bon sang, sourit-elle. C'était tellement bon. J'ai l'impression d'être une personne différente.

— Vraiment ? je demande. Qui as-tu l'impression d'être ?

Elle ne répond pas. Peut-être qu'elle ne sait pas, ou peut-être qu'elle a oublié la question.

Elle soupire profondément à nouveau, touchant son clitoris. — Putain. Je suis tellement excitée. Je ne suis pas sûre de vouloir continuer à jouer. Je veux juste te sentir en moi le plus vite possible.

— Donne-moi encore dix minutes, je réponds. On va ajouter un peu de perversion, et ensuite ce sera mon plaisir absolu de te baiser jusqu'à ce que tu en perdes connaissance.

— Marché conclu, dit-elle. Est-ce que je peux te sucer la bite en attendant ? J'en meurs d'envie.

— Non. Ce soir, tout est pour toi.

— Mais j'adore te sentir dans ma bouche, se plaint-elle. Et je veux savoir quel effet ça fait quand je suis défoncée comme ça.

— C'est noté, dis-je.

— C'est un oui ?

— Oui. Mais pour l'instant, allonge-toi et profite de ta sensation. Je ferai tout pour toi. Tu n'as à penser à rien, ni à faire quoi que ce soit. C'est moi qui commande.

— Ça me rend encore plus excitée, dit-elle.

— Parfait, je réponds.

CHAPITRE 43
Le plus sombre désir

IVY

Mon esprit fond et je ne me suis jamais sentie aussi bien. Je flotte tout en étant fermement ancrée sur le matelas. Les mains chaudes d'Alistair sont incroyables sur ma peau, et mes doigts sur mon clitoris construisent des couches et des couches de plaisir que je n'ai jamais vraiment ressenti auparavant. Cette chaleur liquide qui cascade dans chaque partie de mon corps est si sécurisante et délicieuse.

Pourquoi n'avons-nous jamais fait ça avant ?

Ce n'est pas seulement le cannabis ; c'est aussi la tenue qu'Alistair a préparée pour moi. J'adore me déguiser pour lui. Je me redresse et désigne les accessoires, et il m'aide à sortir du lit, me regardant tandis que j'enfile le corset. Il le lace et boucle le collier autour de mon cou avant de me rejeter sur le lit, où je présume que le reste de la tenue entrera en jeu.

Il me fixe pendant un moment. — Je n'arrive pas à croire que tu es à moi.

— Je suis à cent pour cent à toi, je réponds. Je ne veux jamais être qu'à toi.

Il s'agenouille à côté du lit et tire mes hanches vers lui, positionnant ma chatte bien au centre, juste comme il l'aime.

— Est-ce que je t'ai dit à quel point j'aime ta chatte ? demande-t-il.

Je ris. — Plusieurs fois.

— Pas assez, répond-il. Cette chatte est la perfection absolue. On devrait commander une œuvre d'art — un énorme triptyque pour couvrir un mur entier.

— Je ne suis pas sûre que ton personnel de ménage appréciera.

— Alors j'embaucherai du personnel de ménage plus perspicace.

Je recommence à me caresser, et il soupire, son souffle chaud sur mes lèvres intimes. C'est le paradis et l'enfer. J'écarte mes jambes plus largement, désirant ardemment sa bouche sur moi. Mais il me regarde me toucher tout en caressant sa queue luisante. Ses yeux sont noirs de désir, et le voir me regarder ainsi fait étinceler mon corps. Juste avant que je ne le supplie de me toucher, il se jette sur ma chatte avec avidité et sans retenue. Je halète de surprise — je m'attendais à un toucher plus léger pour commencer — mais c'est exactement ce dont j'ai besoin. La bouche large et avide d'Alistair me dévore.

— Ah, putain, je gémis. Chaque nerf est vivant. Chaque cercle, chaque succion de mon clitoris est une onde de choc de plaisir qui irradie dans tout mon corps. Mon orgasme, qui a commencé il y a une heure quand nous discutions de notre liste, remonte ma colonne vertébrale comme une mèche allumée. Tout mon corps est comme une zone érogène. Je remonte mes mains le long du corset sexy à mort et attrape mes seins. Alistair tend la main et saisit l'avant de mon collier, faisant se contracter mes muscles internes.

— Tu es proche, dit-il.

Je hoche la tête. — Mais je ne veux pas que ça s'arrête.

— Je ne m'arrête pas, répond-il. Je vais te vénérer toute la nuit.

Il prend l'un des vibromasseurs et l'utilise doucement sur mon clitoris tout en le léchant tout autour. La combinaison de sa langue chaude et humide et des vibrations est enivrante, et quand il glisse ses doigts en moi, je suis sur le point de jouir immédiatement.

— Attends, dit-il. Ne jouis pas encore. Je vais t'amener au bord pour te donner le plus grand orgasme de ta vie.

Honnêtement, dans l'état où je me trouve, toute illuminée comme ça, n'importe quel orgasme ce soir sera le plus grand de ma vie. Mais j'écoute et j'obéis parce qu'Alistair est mon dieu.

— Chaque fois que je sentirai que tu t'approches trop, je vais ralentir. D'accord ? Ne sois pas frustrée. Tu verras que ça en vaut la peine quand tu ressentiras le Big Bang.

Je hoche la tête. Je veux jouir maintenant. Je le veux en moi — dans ma bouche, dans ma chatte juteuse. Mais j'obéirai, et je serai récompensée.

Ses doigts bougent avec une lenteur atroce, faisant ressortir chaque sensation incroyable. C'est si délicieux. Pourquoi n'avons-nous jamais fait ça avant ? Je pense connaître la réponse : savoir qu'un tel plaisir existe ruine probablement ta vie. Rien ne se comparera, et tu continueras à courir après le dragon.

— Ah ! je m'exclame alors qu'il appuie contre mon point G — un cercle de chaleur qui irradie vers l'extérieur.

Sa bouche est de retour sur mon clitoris, avec le vibromasseur, ses doigts toujours en moi. Mon corps est une carte d'ondulations euphoriques. Sous cela, un sentiment ancré de carnalité chaude, glissante, si-putain-de-profonde-dans-ma-chatte.

Putain, je vais jouir si fort.

— Je ne t'ai jamais vue si mouillée, murmure Alistair. Si gonflée et prête.

Je hoche la tête. Définitivement prête. Mais il insiste pour me torturer en me faisant attendre.

Vraiment diabolique. Cruel.

— Si tu savais à quel point j'ai besoin de toi en moi... dis-je.

Il termine ma phrase. — ...je te ferais attendre encore plus longtemps.

Je grogne de frustration, mais c'est un jeu. Je suis déjà à un solide neuf sur dix sur l'échelle du plaisir, donc je n'ai pas à me plaindre. Avoir enfin la queue d'Alistair en moi pourrait réellement me tuer d'extase, ou au moins, me plonger dans la folie.

À cette pensée, Alistair retire sa bouche et ses doigts, et je me sens vide et désolée.

— Pourquoi ? est tout ce que je peux gémir.

— Tu t'approchais trop, répond-il.

J'ai envie de sangloter. Je suis un gâchis pathétique. Il a trop de contrôle sur moi, un contrôle total, et j'adore ça.

— Je te déteste en ce moment, je marmonne.

Alistair ricane. — Tu ne diras pas ça quand j'en aurai fini avec toi.

CHAPITRE 44
L'Approche de la Tempête

ALISTAIR

Le désespoir d'Ivy me rend dur. Tout ce que je veux, c'est m'enfoncer dans sa chatte chaude et humide, mais je dois prendre mon temps. Ce sera l'orgasme ultime pour elle — je m'en assurerai.

— Je meurs, gémit-elle. Tu me tues.

Je caresse ses cheveux pour la réconforter, puis prends son visage en coupe. — Je sais.

Elle tourne la tête pour me mordre avec espièglerie. Ça ne fait qu'un peu mal.

— Soif ? je demande.

Ivy hoche la tête, et je lui tends le verre qu'elle avale avec reconnaissance. Quand elle a fini, je pose son verre et délace son corset. Je prends de l'huile de coco et l'étale sur ses lèvres et ses seins, puis j'oriente nos corps en 69 pour pouvoir lui donner du plaisir pendant qu'elle prend ma queue dans sa bouche. Elle l'accepte avidement, sa voracité me faisant presque jouir tandis que je suce son clitoris. Je pousse doucement dans sa bouche, atteignant presque sa gorge, ses seins lubrifiés facilitant mes va-et-vient. Sa chatte se contracte et dégouline, allumant en moi un besoin primitif d'enfoncer ma queue profondément en elle, de l'étirer largement, de frôler son clitoris en me frottant contre elle.

— Putain, je murmure contre sa chatte alors qu'elle me suce, serrant mes fesses, m'invitant à aller plus loin, à pénétrer sa gorge. Je ne veux pas l'étouffer, mais elle m'attire plus profondément, comme si ma queue allait la maintenir en vie, garder ses poumons remplis et son cœur battant.

Quand je me retire, Ivy halète. Elle m'attrape immédiate-ment, en voulant plus, mais je me retourne et l'embrasse à la place.

— Je t'aime, lui dis-je. J'aime tout-chez-toi, bordel.

— Je t'aime aussi, murmure-t-elle en retour. Mais je t'ai-merai encore plus si tu me donnes ta queue.

— Habille-toi d'abord, je dis, et elle me sourit.

Ivy roule hors du lit, prend les oreilles et les moustaches de renard, et les met devant le miroir, admirant l'effet. Le costume est incroyable, surtout avec ses seins qui brillent à la lueur des bougies.

— Mon Dieu, Ivy, je dis. Tu es le fantasme de tous les hommes.

— Je me fiche de tous les hommes, dit-elle en se pavanant vers moi. Où est cette queue de renard ?

— C'est à moi de te la mettre, je réponds.

Ivy fronce les sourcils, incertaine de ce que ça signifie. Je suppose qu'elle n'avait pas réalisé que la queue ne venait pas avec une ceinture. Elle cligne des yeux un moment, puis je tiens la queue par le plug anal en acier brillant. Ses yeux s'écar-quillent de surprise, mais elle garde son sang-froid.

— Viens ici, je dis.

Elle se met à quatre pattes et rampe lentement vers moi, ses yeux innocents et grands ouverts, ses lèvres légèrement entrou-vertes. — Est-ce que j'aurai une friandise si j'obéis ?

Je suis sur le point de lui faire remarquer qu'elle n'est pas un chien, mais je m'arrête. — Bien sûr que tu auras une friandise.

La pièce tourbillonne légèrement, la chaleur est vive. Le cannabis intensifie l'érotisme du moment, la félicité fondante. Nous sommes en sécurité, Alex est en sécurité, et nous allons nous marier. Nous allons être une vraie petite famille. Je dirige l'entreprise vers des *eaux plus sûres*, et Ivy va utiliser les bénéfices pour rendre le monde meilleur. Il n'y a rien dont il faut s'inquiéter et tout à apprécier. Mon corps baigne dans l'énergie positive de la pièce — quelque chose que je n'aurais jamais pensé dire. Ivy doit déteindre sur moi.

Ivy est avec moi maintenant, à genoux, attendant sa friandise.

— Que voudrais-tu comme friandise, ma belle ?

— Ce que je veux toujours, répond-elle, puis elle fixe ma queue. Elle tressaute sous son regard affamé.

— Tu veux ma queue ? je demande, bien que la question soit superflue.

Ivy se mord la lèvre et hoche la tête, les yeux grands ouverts, jouant la suppliante.

— Je pensais que tu en aurais eu assez maintenant, je dis.

— Jamais, dit-elle. Je n'en ai jamais assez.

— Comment la veux-tu ?

Elle cligne des yeux, incertaine de sa réponse.

— Est-ce que tu la veux comme ça, toi à genoux et moi assis sur le lit ? Ou veux-tu t'allonger et que je baise ta bouche à nouveau ?

— Je veux m'allonger sur le lit, avec ma tête qui dépasse du bord, comme nous l'avons fait dans ta chambre au Manoir.

Je souris à ce souvenir. C'était la première fois qu'Ivy m'avait pris en gorge profonde, et ç'avait été tout simplement époustouflant. Elle avait réalisé tous les fantasmes que j'avais eus dans cette chambre quand j'étais un adolescent en chaleur.

Je l'aide à monter sur le lit et dispose son corps de façon à ce que sa tête soit légèrement inclinée au-delà du matelas. Je caresse son visage et ses oreilles de renard, et elle ouvre grand la bouche, m'attendant.

Putain. En parlant de fantasmes.

Je mets un pied sur le lit et me glisse doucement en elle, la laissant d'abord sucer le bout. Sa langue généreuse tourbillonne autour de mon gland, plongeant dans le trou avant qu'elle me suce, travaillant la tige avec sa main. Bientôt, je pousse plus loin, de la manière que je sais qu'elle aime.

C'est ainsi que c'était ce jour-là dans ma chambre dans la maison familiale, avec toute ma queue profondément dans sa gorge. Je ne sais pas comment elle fait pour ne pas s'étouffer. Quand elle a besoin de respirer, elle me repousse doucement juste assez pour reprendre son souffle avant de me reprendre entièrement.

Je commence à gémir. Je ne peux pas m'en empêcher. Voir ma queue disparaître en elle comme ça me rend si dur. Ma colonne vertébrale picote et étincelle à la sensation de sa gorge qui me serre, m'avale.

— Ah, Ivy, je gémis. J'ai l'envie de saisir sa tête et de pousser aussi loin que je peux aller, mais je me retiens. Je sens l'énergie de mon orgasme tourbillonner dans mon bassin comme une tempête qui se forme.

Mais je ne peux pas jouir maintenant. Pas après ce que j'ai promis à Ivy.

CHAPITRE 45
Mains rudes

IVY

Je pourrais faire ça toute la journée, mais Alistair est prêt pour un autre type de jeu.

Il me ramène sur le lit, ma tête sur un oreiller, et prend mon visage entre ses mains.

— Tu es une si bonne fille, dit-il, avec amour mais férocité — comme s'il voulait être brutal avec moi.

— Tu veux... être brutal ? je demande.

— Pas avec toi, répond-il. Tu es trop précieuse pour ça.

— Je le vois dans tes yeux, dis-je. Ta façon de me toucher. Tu as envie de me malmener.

Il grogne. — J'ai envie de te malmener.

— Alors fais-le, dis-je en cambrant le dos.

Je pense à dire : *Regarde mon corps nu, vois comme mes seins bougent, regarde comme ma chatte est mouillée. Tout ça, c'est pour toi et tes mains rudes.*

Au lieu de cela, je dis : — J'aime quand tu es brutal. J'aime me sentir sans défense face à ta force. J'aime quand tu me *possèdes.*

Parfois je veux être ravie ; parfois je veux être ravagée.

Les yeux d'Alistair deviennent noirs de désir. Les muscles de sa mâchoire tressaillent tandis qu'il tend la main, saisissant mon cou et passant ses ongles le long du collier de cuir.

— Je te *possède*, murmure-t-il d'une voix rauque.

J'acquiesce. — Montre-le-moi. Possède-moi — chaque partie de moi. Possède chaque trou.

Son grognement est plus profond que jamais, envoyant un tourbillon de chaleur dans ma chatte.

Sa voix chaude et profonde dit : — Ne le dis pas si tu ne le penses pas.

Oh, je le pense vraiment. Je pense chaque mot et plus encore. Plus — que je suis trop timide pour demander.

Je le regarde dans les yeux. — Chaque. Partie. De. Moi.

Je suis si fluide, si chaude et ouverte. J'adore le cannabis et cette sensation d'ouverture totale, cette vulnérabilité que je trouve incroyablement sexy. J'aimerais qu'on puisse toujours être comme ça. Je n'ai besoin de rien d'autre dans la vie que cela.

— Tu sais ce que je veux ? demande-t-il.

J'ai presque peur de la réponse.

— Je veux te baiser si bien, si fort, si *profondément* que tu ne l'oublieras jamais.

J'ouvre la bouche, haletant légèrement sous l'excitation qui me parcourt.

— Oui, je réponds, peut-être inutilement, car le langage de mon corps lui donne la réponse qu'il cherche.

— Tu veux que je sois un peu brutal ? demande-t-il.

J'acquiesce. Je suis si enflammée que je veux qu'il me bouscule, qu'il saisisse ma mâchoire, qu'il tienne mon cou, qu'il me plaque contre un mur, qu'il me penche en avant. Je veux tout. Je le répète : je veux qu'il me *possède*.

— À quel point ? demande-t-il, sa voix à peine plus qu'un râle.

Il ne comprend pas encore. Il ne saisit pas que ce qui m'excite le plus, c'est *son* excitation. Ma réponse est qu'il doit être aussi brutal qu'*il* le souhaite, car son plaisir allume la mèche du mien. Je lui ai déjà dit qu'il est mon kink, mais je ne pense pas qu'il le comprenne vraiment.

— Brutal, je réponds.

Il me regarde et prend une respiration. L'instant d'après, il tient mes poignets au-dessus de ma tête, écartant mes jambes avec son genou.

Oui.

Sa prise est si serrée qu'elle est presque douloureuse. Je me tortille un peu, et il serre plus fort, ce qui est exactement ce que je voulais. La façon dont il écarte mes jambes de force fait pulser ma chatte d'anticipation. S'il me baise comme ça, je jouirai immédiatement. Au lieu de cela, il reprend le vibromasseur et le passe sur mon corps : mes bras, mon ventre, mes jambes. Quand je me plains de ses taquineries, il l'utilise sur mon clitoris, ce qui ressemble à un courant électrique.

Je crie.

— Trop intense ? demande-t-il.

J'aimerais qu'il ne demande pas. Je veux qu'il me traite comme un objet sexuel, une collection de trous pour son plaisir. Je veux être utilisée. Je veux qu'il serve uniquement son propre plaisir parce qu'alors j'aurai le mien.

— Non, je réponds.

— Je ne veux pas te faire mal, dit Alistair.

Je veux que tu me fasses mal, je pense, ce qui me surprend. Au lieu de cela, je dis : — Je connais mon safe word.

Il presse mes seins, pince mes tétons sensibles, les lèche et les suce tandis que je gémis. Il passe beaucoup de temps à sucer mon sein gauche, si longtemps que ma chatte commence à s'électriser comme si j'étais sur le point de jouir. Je n'ai jamais joui par stimulation des seins, mais j'ai lu que c'était possible.

C'est peut-être le cannabis, mais j'ai l'impression que n'importe quelle partie de mon corps pourrait avoir un orgasme — un coude, une aisselle, l'arrière de mon genou.

Alistair enfonce ses doigts en moi, et je crie. Disparu, le gentleman amant sophistiqué. Voici le sauvage qui prendra ce qu'il veut quand il le veut. Il me baise avec une main qui semble appartenir à quelqu'un d'autre — en fait, j'ai presque l'hallucination que ce n'est pas du tout Alistair mais plutôt une brute d'un autre lieu. Il y va fort et vite, sans raffinement et de façon sauvage. Je crie, certaine que mon orgasme est imminent. Alistair suce mon clitoris pendant un moment, puis me fait tenir mes seins ensemble pour qu'il puisse les baiser, encore glissants d'huile de coco. Il est sauvage et imprévisible, changeant de position dès que l'envie lui prend, au lieu de la danse sensuellement chorégraphiée habituelle qui donne priorité à mon plaisir.

J'ai hâte qu'il me baise ; hâte de sentir son énorme queue en moi. Je suis si prête.

Pendant qu'Alistair baise ma poitrine, je presse mes seins ensemble et je frotte mes tétons. Il me regarde comme si j'étais la chose la plus désirable qu'il ait jamais vue. Les yeux verrouillés, il enfonce son pouce dans ma bouche, puis plus, jusqu'à ce que j'aie la moitié de sa main, les lèvres largement étirées.

Je me souviens de la première fois qu'il m'a pénétrée avec son poing ; ma surprise et à quel point c'était bon. Comment il touchait chaque point sensible et me faisait jouir d'une façon que je n'avais jamais expérimentée auparavant. Ça aussi, c'est nouveau. Jusqu'où ira-t-il ? J'ouvre plus grand. Je lui fais confiance, même dans cet état. Il ouvre ma mâchoire de la même façon que je le fais moi-même sous la douche, excitée et pensant à lui.

Soudain, je me retrouve retournée, à quatre pattes à

nouveau. Alistair me tend le vibromasseur bourdonnant pour que je l'utilise sur mon clitoris pendant qu'il prend un gode en verre que je ne l'avais pas vu sortir. Il est chaud et glissant quand il m'ouvre avec. Je siffle d'anticipation.

—Tu veux que je te baise avec ça ? demande-t-il.

C'est du dirty talk. Il connaît la réponse—il veut juste que je dise oui, ce que je fais, à bout de souffle. Je suis tellement prête.

—Oui, Alistair. Oui. S'il te plaît, baise-moi.

Il pousse le gode plus profondément, et je sens un sanglot monter dans ma gorge. Je tiens toujours le vibromasseur contre mon clitoris, et c'est presque trop. Je le déplace sur le côté, vers cet endroit qui peut me faire basculer sans me surstimul er. J'ai l'impression que le gode vibre, et mes muscles se contractent.

—Oui, siffle Alistair. C'est tellement bon, n'est-ce pas ?

J'acquiesce, sans voix face aux mini-explosions qui se produisent en moi. Ces mini-explosions qui vont bientôt tracer le chemin de la bombe nucléaire imminente.

Les godes en verre semblent intimidants sur l'étagère—durs et froids—mais le glissement doux et chaud de celui-ci est délicieux. Alistair est encore lent et prudent avec, mais je peux dire qu'il ne le sera plus pour longtemps.

CHAPITRE 46
Renard Sauvage

ALISTAIR

Je fais glisser le gode d'avant en arrière, émerveillé par la beauté du sexe d'Ivy.

—Je ne me lasserai jamais de la beauté de ton sexe, lui dis-je. Jamais.

Elle gémit, savourant la nouveauté du verre. Je pourrais la regarder toute la journée, mais ma queue a un plan bien à elle. Je voulais faire durer cela aussi longtemps que possible pour aboutir à l'orgasme le plus intense de sa vie, et je pense qu'on en approche. Les heures de préliminaires et les effets du cannabis sont mes alliés. Ses gémissements deviennent plus forts, sa respiration plus profonde. C'est presque le moment.

Je verse de l'huile sur ses fesses pour qu'elle s'écoule dans la raie et je masse le reste, pétrissant son bas du dos et ses fesses d'une main ferme tout en continuant à faire aller et venir le gode. Elle expire de plaisir, terminant par un gémissement grave et profond. Ses fesses et son sexe luisent à la lueur des bougies, et ma queue va exploser si je ne la baise pas bientôt.

—Putain, Ivy, je grogne. Je suis en train de mourir. J'ai juste envie d'être en toi.

—Ouiii, siffle-t-elle.

J'ai presque fini avec le gode. J'accélère le rythme, le faisant aller et venir plus vite pour que ses muscles se contractent automatiquement. Je les repousse, donnant à Ivy la friction qui intensifiera son orgasme, poussant plus fort alors qu'ils enserrent le verre.

Ivy crie, si proche.

—Tu ne jouiras pas avant que je sois en toi, j'ordonne.

—Mais... gémit-elle, tenant à peine.

—Tu m'attendras.

Elle gémit et hoche la tête. Je retire le gode et je suce son sexe, le sexe le plus parfait au monde.

—Tu es si mûre pour ma queue dure, je murmure.

—Oui, répond-elle. À ce stade, je pense qu'elle accepterait tout ce que je dis.

Je ralentis, passant ma langue large sur ses lèvres et son clitoris, la poussant dans son trou gonflé. Ses muscles palpitent autour de ma langue, faisant gonfler ma queue. Je la saisis désespérément, la serrant pour m'empêcher d'éjaculer, tout en gardant ma langue en elle.

—Putain, grogne Ivy. Elle commence à se frotter le clitoris, bien que je lui aie ordonné d'attendre. Je lui écarte la main d'une tape et pousse ma langue plus profondément, ce qui la fait haleter.

—Maintenant, supplie-t-elle. Maintenant, maintenant, maintenant, s'il te plaît Alistair. Ou tu ne seras pas en moi quand je jouirai.

—Tu jouiras quand je te dirai de jouir, lui dis-je. Ce ne sera pas long. Le but n'est pas de nous torturer tous les deux — ou peut-être que si, juste un peu.

À genoux derrière Ivy, je me redresse et me prépare à la pénétrer. Ses fesses encore glissantes d'huile, je trace le contour de son anus avec mes doigts, frottant son rebord et taquinant le trou avec mon pouce comme je l'avais fait dans la limousine en route vers la piste d'atterrissage. Je sais qu'elle adore ça ; elle déteste probablement autant aimer ça, mais je n'ai pas de telles inquiétudes. J'ai hâte d'explorer ce tabou particulier avec elle.

Je prends la queue de renard, j'enduis le plug en acier de lubrifiant, et je le pousse doucement juste d'une fraction à l'intérieur. Ivy gémit fortement. J'adore cette partie, cette ouverture progressive d'un sphincter serré. Je le pousse un peu plus, puis recule. Plus, puis recule. Au plus profond, je n'ai inséré que la moitié du bulbe, et puis je sais qu'il est temps de le pousser complètement. Je me penche pour embrasser ses fesses, et pendant que j'y suis, je lèche son rebord incroyablement sexy juste avant de pousser le plug jusqu'au bout. Ivy halète, et ma queue est folle de désespoir. Je respire et joue avec sa queue pendant un moment, déplaçant la fourrure douce pour qu'elle touche ses cuisses, l'arrière de ses genoux. Je respire et essaie de reprendre le contrôle de ma queue. Après tout ça, je ne peux pas gâcher cette baise. Ça doit être épique.

Ivy, me désobéissant, recommence à se caresser le clitoris. Je la laisse faire parce que je suis enfin prêt à la faire jouir sur moi. Je place mon gland juste à l'entrée de son sexe et frotte l'extérieur de son trou, la faisant se pencher vers moi, gémissant. Un animal sauvage.

Je ne la ferai plus attendre.

D'une poussée féroce, j'enfonce toute ma queue en elle.

Elle hurle — surprise et plaisir — et caresse ses lèvres plus vite alors que ses muscles m'enserrent. Je crie en réponse et serre les dents, essayant de retenir mon orgasme pour juste une minute de plus. Sentant que je ne devrais pas bouger sous peine d'exploser, je le fais quand même, parce que c'est juste trop incroyablement bon pour ne pas le faire. Ivy est si gonflée que l'ajustement est presque trop serré, et nous crions tous les deux quand je commence à la baiser pour de bon. Ma queue a une vie propre — elle plonge fort et profondément en Ivy, jusqu'à la garde. Elle prend le dessus, et je ne suis plus en contrôle. Je plonge si profondément, si *putain de profondément*, c'est délicieux.

Comment baiser peut-il être si bon ? Ça devrait être illégal. Si addictif que les gens sacrifieraient leurs vies pour essayer d'atteindre la même sensation à nouveau, ou même une fraction. Un écho.

Je fais tournoyer la queue de renard dans ma main, caressant le dos d'Ivy avec elle. Mon renard sauvage. Je commence à tirer doucement — pas assez fermement pour la sortir, juste pour augmenter la sensation pour elle avant de la repousser avec mon pouce. Son sexe m'agrippe et ne me lâche pas, et mes poussées suivantes sont rapides et désordonnées alors que je commence à perdre le contrôle.

Le début de son orgasme arrive avec un grognement sourd qui se transforme en gémissement continu lorsque la sensation commence à la submerger, et à me submerger en même temps.

Pu-u-utain !

Je pompe plus fort, gardant mon pouce sur la base de la queue, voulant qu'Ivy ressente pleinement l'effet de la double stimulation. Son gémissement atteint un crescendo, et alors que je la baise de toutes mes forces, elle hurle à travers ses contractions intenses — serrant ma queue comme jamais auparavant — et l'euphorie inonde mon corps, embrasant tout avant de jaillir de ma queue, droit dans le sexe contracté d'Ivy. Tandis que ses muscles m'écrasent, je crie et baise plus fort, ce qui la fait jouir plus fort, et nous allons tous les deux nous consumer spontanément si ça ne s'arrête pas bientôt.

Je commence à ralentir, mais elle murmure : « Je-jouis-encore-je-jouis-encore », alors je continue à la baiser lentement, prolongeant son extase pendant qu'elle sanglote jusqu'à ce qu'elle lâche enfin prise, ayant tout pris de moi, exactement comme je le voulais.

CHAPITRE 47
Vaurien

IVY

Je me réveille les yeux embrumés dans la chambre principale, une tasse de café fumante sur la table de chevet. Alistair se frotte les cheveux pour les sécher après sa douche.

— Mon Dieu, je croasse. Est-ce que la nuit dernière s'est vraiment passée ?

— Bonjour, ma belle, répond Alistair de sa voix grave et sexy. Je ne voulais pas te réveiller, mais nous avons le festin dans une heure.

Le quoi ? Je me frotte les yeux et me redresse. Est-il si tard ?

— Je t'ai laissée dormir aussi longtemps que possible, dit-il.

— Tu fais œuvre divine, je réponds. Merci.

Cet homme m'a laissée dormir et m'a préparé du café. Il ne pourrait pas être plus parfait s'il essayait — et ça, c'est avant même de mentionner la nuit dernière.

— Tu m'as portée jusqu'ici ? Depuis le donjon ?

— Comme la princesse que tu es, dit-il, en me donnant un petit coup de serviette comme si j'étais une camarade de chambre universitaire plutôt que ladite princesse.

— J'ai dormi comme une souche, je dis en prenant une

gorgée. Je ne pense pas avoir aussi bien dormi depuis des années.

— C'est l'effet du cannabis, répond Alistair.

— Alors ça n'avait rien à voir avec l'orgasme cataclysmique ?

Il sourit, les yeux brillants. C'était un assez bon orgasme.

Je souffle devant ce *assez bon*. — Je crois que j'ai voyagé astralement à un moment donné. Ce n'était pas une expérience humaine ordinaire. Tu m'as, sans aucun doute, complètement ruinée.

— Excellent, répond-il, toujours souriant comme un dément. Mission accomplie.

— Quand pourrons-nous refaire ça ? je demande. S'il y a du désespoir dans ma voix, peu m'importe.

— Je suis, comme toujours, à ton service, dit Alistair. Mais il faudra peut-être attendre après le déjeuner. Crêpe Suzette devient très grincheuse si la nourriture refroidit.

— Je n'arrive pas à te croire, je dis. Te promener comme si tout était normal après la nuit dernière.

— Tout *est* normal, répond-il.

Je termine mon café d'un trait et saute du lit. — Mieux vaut y aller, dis-je, en me dirigeant vers la salle de bain, nue. Je veux que ce *festin* se termine pour qu'on puisse reprendre où on en était.

Quand nous arrivons au Manoir, Macavoy me donne des fleurs fraîchement coupées et du champagne, que je tends à Isobel. Elle me fait un clin d'œil et me serre fort dans ses bras.

— Il ne fallait pas, ronronne-t-elle.

— Oh, tu sais, répond Alistair. Macavoy insiste.

— Au moins, il a été bien élevé, taquine-t-elle. Venez. Gregory est déjà dans la salle à manger — avec Alex sur ses genoux ! Être grand-père lui va bien.

La salle à manger tamisée brille sous un lustre étincelant, la lumière se reflétant sur la table en acajou poli. L'air sent les légumes rôtis, la polenta aux herbes et le vin blanc. Brumilde se lève et nous étreint, et je ne peux m'empêcher de me sentir aimée — de me sentir en famille.

— Vous voilà ! s'exclame Gregory. Regardez qui j'ai ici. Il fait un geste vers Alex, qui est effectivement sur ses genoux. Le bébé nous offre un sourire ravi et pousse des cris d'excitation, ce qui me serre le cœur. Je ne veux pas interrompre leur moment, mais je meurs d'envie de tenir Alex. Gregory doit le sentir car il dit : — Ivy, ma chère, ça te dérangerait de le prendre un moment ? Ma circulation n'est plus ce qu'elle était.

C'est le moment où je l'ai vu le plus lucide, et je me demande si c'est ce qu'Isobel voulait dire — que ça lui convient d'avoir un petit-enfant. Ariana entre dans la pièce d'un pas décidé, son ventre un peu plus visible que d'habitude, et je pense que Gregory aura bientôt *deux* bébés dans sa vie. Ce sera méconnaissable par rapport à il y a quelques mois. Il a gagné une fille, deux bébés, et bientôt, une belle-fille. Je ne perds pas de temps à prendre Alex, à sentir sa tête et à embrasser ses joues.

— Bonjour, mon beau garçon, je dis en câlinant son corps chaud et doux. Quelle bénédiction absolue il est.

— Salut, Ari, je dis, et elle me fait un sourire crispé. Nous ne sommes pas encore tout à fait amies, mais il y a un fort respect mutuel, surtout après ce qu'elle a fait à Cramond.

— Tu dois licencier Henderson, dit-elle à Alistair, les bras croisés, le froncement de sourcils fermement en place.

Je ris presque, pensant qu'elle doit plaisanter, mais il y a un silence total dans la pièce.

— Quoi ? Non ! répond-il. Henderson est mon...

— Si tu veux que je sois heureuse, dit-elle, si tu veux que *Henderson* soit heureux, tu dois le laisser partir.

Je vois qu'Alistair est pris au dépourvu. — Asseyons-nous et prenons un verre, dit-il. Puis-je te servir un... rock shandy, ou autre chose ?

— Est-ce qu'une boisson t'aidera à décider en ma faveur ? demande-t-elle.

— Ça ne fera certainement pas de mal, répond-il.

Les bras toujours croisés, elle se laisse tomber. — D'accord.

— Je pense que ce que tu voulais dire, chère Ari, dit Isobel, c'est *oui, s'il te plaît, Alistair. C'est très gentil.*

— Comment se passe l'école de bonnes manières avec ce vaurien ? demande Christopher depuis la porte, que je n'avais pas vu arriver.

— S'il y a un *vaurien* dans cette famille, dit Ariana avec hauteur, c'est bien toi. Un vaurien avec une éducation coûteuse, ce qui est, on peut le dire, pire.

Alistair et moi rions.

— Henderson et moi ne pouvons pas être ensemble, continue Ariana, si tu insistes pour l'employer. Tu sais qu'il est trop loyal pour te quitter.

— Comme il se doit, répond Alistair.

— Alistair et Henderson, c'est à la vie à la mort, dit Christopher. Ça l'a toujours été. Du moins, ça l'a toujours été depuis ta disparition. Tu n'as aucune chance de briser leur bromance.

— Je n'essaie pas de briser leur *bromance*, crache Ariana. Pour quelqu'un d'aussi jolie, elle peut avoir un ton vraiment venimeux. Ce sera bon pour leur relation. Ils seront plus égaux, comme ça a toujours été censé être.

— C'est ce que Père voulait, intervient Christopher. Gregory lève les yeux de son verre, surpris d'avoir été mentionné. Il disait toujours que Henderson était l'un des nôtres, qu'il devait être traité comme un égal. Ce qui était merdique pour moi, franchement, parce que vous deux étiez les fils prodiges.

— Tes pauvres sentiments ! le taquine Ariana.

— Exactement ! acquiesce-t-il en débouchant une bouteille

de champagne. C'était une enfance absolument horrible, vraiment, d'essayer d'être à la hauteur de ce groupe.

Alistair rit. — Comme si tu avais même essayé.

— Pas la peine d'essayer, mon vieux, répond-il. J'étais foutu dès le départ.

— Alors tu penses que *toi*, tu as eu une enfance difficile ? demande Ariana. Pour la deuxième fois, la pièce tombe dans le silence alors que tout le monde prend conscience de la réalité de la jeunesse complètement foutue d'Ariana.

— Euh..., dit Christopher, mais Ariana rit et le pousse.

— Je plaisante, espèce de grand benêt. Personne n'a besoin de marcher sur des œufs autour de moi. Cette partie de ma vie est terminée, et j'essaie de profiter au maximum de ce que j'ai maintenant. Ce qui est vous — que ça me plaise ou non — et *Henderson*. Elle fait un point d'honneur à regarder Alistair quand elle prononce ce nom.

Impassible, Alistair me passe un verre de champagne — très apprécié — et sirote le sien avant de répondre. — Je suppose que ta demande vient du fait que tu veux sortir Henderson du danger.

— Tu supposes correctement, dit Ariana.

— Tu te rends compte que mon objectif pour l'entreprise est de l'assainir, légalement parlant. Le danger auquel notre famille fera face à partir de maintenant sera insignifiant.

— Super ! sourit-elle. Alors tu n'auras pas besoin d'un garde du corps. Tout le monde est gagnant !

— Il est tombé droit dans le panneau, marmonne Christopher.

— J'ai besoin de Henderson, dit Alistair.

— Trouve-toi un nouveau meilleur ami, dit-elle. Henderson est à moi ; il l'a toujours été, et je n'ai pas l'intention de le laisser partir.

— Écoutez-vous tous les deux ! gronde Isobel. Henderson

n'est pas une *propriété*. C'est un membre extrêmement précieux de cette famille.

— Vraiment, Mère ? défie Ariana. Vraiment ? Parce que tu ne le traites pas comme tel.

Isobel serre son chemisier en soie émeraude, la bouche béante. — Ariana ! Comment peux-tu *dire* ça ?

— Mon nom est Ari. Et le nom de Henderson est *Harry*. Pas que tu le saurais, vu la façon dont tu le traites.

— On a toujours traité Henderson comme un frère, argumente Christopher.

— Il *est* notre frère, dit Alistair.

— Ah bon ? demande Ariana, les yeux brillants de défi. Étrange, alors, qu'il ne soit pas assis ici avec nous.

— Henderson sait qu'il est toujours le bienvenu à tout ce que nous faisons, réprimande Isobel.

Ariana tourne lentement la tête vers sa mère, et je tressaille avant même qu'elle ne réponde.

— C'est amusant, dit-elle. C'est difficile d'être à deux endroits à la fois, n'est-ce pas ? Parce que son travail est de nous protéger, alors il est dehors dans le froid, s'assurant que nous sommes bien au chaud ici. Vous traitez vos *chiens* mieux que vous ne le traitez. J'en ai assez, et je le dis. Elle fixe Alistair. Tu le laisses partir avec effet immédiat, avec un généreux paquet de retraite, puis elle tourne son regard brûlant vers Isobel et Gregory. Et vous allez personnellement l'inviter à chaque réunion de famille, ou je ne viendrai pas.

La bouche d'Isobel est encore ouverte, mais elle se ressaisit rapidement pour répondre. — Ari. Tu as cent pour cent raison. Oui à tout. Je suis seulement... elle avale sa salive avant de continuer, je suis seulement désolée que ça en soit arrivé là. Je suis... honteuse, vraiment. Harry devrait toujours être ici avec nous. Je n'ai jamais considéré Harry comme du personnel, mais d'une manière ou d'une autre, nous nous y sommes tous habitués.

— Je blâme Alistair, plaisante Christopher, relâchant la tension dans la pièce. C'est lui qui l'a embauché.

Tout le monde se tourne pour regarder Alistair, moi y compris. — Bien sûr, Ari, dit-il. Bien sûr, tout ce que tu dis est vrai, et son indemnité de licenciement est disponible immédiatement. Personnellement, je préférerais de loin que Harry puisse assister à chaque réunion de famille.

— Merci, dit Ariana, hochant la tête mais sans sourire. Y a-t-il quelque chose à manger ?

CHAPITRE 48
Échecs de mariage

ALISTAIR

— Oui, dit Mère, apparemment complètement remise. Il y a à manger.

Père est assis au bout de la table, sa veste en tweed froissée, sirotant un single malt.

— Ah, parfait, dit-il. Je me demandais si nous avions déjà mangé.

Une serveuse que je ne reconnais pas entre avec un grand plateau d'argent chargé d'*amuse-bouches*.

— Sauge et pêche séchée avec une touche de beurre noisette, annonce-t-elle avant de distribuer les petites assiettes.

— Qu'est-ce que c'est que ça ? demande Christopher, regardant le plat comme s'il l'avait personnellement insulté.

— Sois poli, s'il te plaît, mon chéri, dit Mère, congédiant la serveuse avec un sourire qui n'atteint pas ses yeux.

— Est-ce que Crêpe Suzette fait une crise de la quarantaine ? demande-t-il, piquant la pêche et la reniflant avec suspicion.

— Nous avons un menu dégustation, annonce Mère. Juste pour changer un peu. Nous avons beaucoup à célébrer et à planifier. Elle jette un coup d'œil à Ivy, alors je pense qu'elle doit faire référence au mariage.

Christopher mâche et fait une grimace.

— Peut-être devrions-nous nous séparer d'un certain membre du personnel.

Je n'ai pas encore touché à mon assiette. J'affiche un visage stoïque, mais la vérité est que je suis dévasté, non seulement d'avoir perdu Henderson mais aussi horrifié à l'idée que nous ne l'ayons pas traité avec le respect qu'il méritait absolument. Ivy peut voir que je suis bouleversé et garde une main ferme sur ma jambe.

— Tu leur as déjà dit, ma chérie ? demande Gregory.

Nous regardons tous Mère, qui pose son verre et se penche en avant, les yeux pétillants.

— Vous allez dire non au début, et je comprends.

Intéressant.

— À quoi dirons-nous non, Mère ?

— Je regardais les possibilités de lieux pour le mariage. Je sais que ce n'est pas ma place...

— Dixit toutes les belles-mères de l'histoire, interrompt Christopher.

— ...mais je voulais juste faire un tour d'horizon prélimi-naire, peut-être vous présenter à tous les deux une liste restreinte de possibilités. Bien sûr, je ne vous mets aucune pression. Vous pourriez vous marier sous une tente à Madagascar, et j'en serais ravie.

— Bien sûr, je réponds. Je n'en crois pas un mot, mais mise à part, as-tu une liste ? Ça nous sera utile parce qu'Ivy et moi serons trop occupés pour planifier un mariage. Je lui fais un clin d'œil, et elle rougit. Je suppose qu'elle pense que je fais allusion au sexe, mais je faisais en fait référence à son rôle dans l'entreprise.

Isobel s'arrête, sa fourchette de carpaccio à mi-chemin de sa bouche.

— Trop occupés ? *Pour planifier votre propre mariage ?*

— Trop occupés par quoi ? exige Christopher.

— Ivy aide Rebecca Bradley à se rétablir avec de la kiné. Elle va également diriger le nouveau département de responsabilité sociale et environnementale de Ravenscroft Enterprises. C'est un projet énorme, et j'ai besoin qu'elle commence immédiatement.

Christopher grommelle.

— Ou tu pourrais simplement allumer des billets de cinquante livres et les regarder brûler. *Et* tu aurais quand même le temps de planifier un mariage.

Ivy fait un doigt d'honneur à Christopher, et Mère et Ariana pouffent de rire.

— C'est tout simplement génial, félicite Mère. Vous faites une excellente équipe tous les deux.

— Alors, dit Père, souriant et lui faisant signe de continuer, à propos du *lieu.*

— Que pensez-vous d'une orangerie comme lieu de mariage ?

— Parfait, dis-je. Ivy ?

— Euh, dit-elle.

La serveuse est de retour pour débarrasser les assiettes et déposer l'entrée.

— Rubans de jambon cru frits avec melon de saison.

Christopher rit et remplit son verre de champagne.

— C'est quoi, les années quatre-vingt ?

— Ils ont une disponibilité à The Glassenbury, poursuit Mère. C'est l'orangerie de Thornfield Court.

— Ils n'ont *jamais* de disponibilité, dit Père. L'endroit est réservé pour des années.

— Croyez-moi, dit Mère. C'est *magnifique*. C'est une spectaculaire serre victorienne nichée dans un domaine de 12 hectares.

— C'est un bâtiment classé, ajoute Père, les sourcils broussailleux arqués. Des années 1870. Une élégance intemporelle.

— C'est incroyable, vraiment, dit Mère. Il a ce plafond de verre élancé avec des ferronneries complexes – vous savez de quel genre – et la façon dont il capte la lumière du soleil. Si aéré et magique. On peut voir le parc environnant à travers les hautes fenêtres cintrées. Des murs de pierre crème, des corniches ornées... honnêtement, c'est parfait.

Ariana l'a déjà cherché sur son téléphone et nous montre une photo.

— Wow, dit Ivy, commençant à s'enthousiasmer. C'est vraiment magnifique.

Ariana fait défiler pour plus de détails.

— Ils disent ici que l'architecture s'harmonise avec la nature, encadrant un arboretum de plus de 300 arbres rares. Vous pouvez échanger vos vœux sous ce « plafond lumineux » ou près d'un kiosque en fer forgé dans les jardins, ou sous une simple arche entourée de fleurs de saison. « Intime mais grandiose, du sol en mosaïque aux ferronneries en filigrane. »

— Quel est le piège ? je demande. Si le monde des affaires m'a appris quelque chose, c'est qu'il y a toujours un piège.

— Oh non, dit Ivy. Est-ce que c'est une catastrophe absolue en termes d'émissions de carbone ?

Christopher renifle avec dérision.

— Être en vie est une catastrophe en termes d'émissions de carbone. Devrions-nous ajouter du cyanure à la soupe et en finir ? Dieu sait que la planète se portera mieux sans nous.

— Non, Mère secoue la tête, pas du tout, ma chérie. C'est la première chose que j'ai vérifiée ! Contrairement à certains membres de cette famille – elle lance un regard sévère à Christopher – je respecte ta position sur la protection de la planète.

Ariana lit du site.

— Des panneaux solaires dissimulés alimentent les espaces lumineux de l'orangerie, et la récupération des eaux de pluie nourrit les jardins où vous pouvez échanger vos vœux si vous le souhaitez. Le menu est une lettre d'amour à la cuisine écoresponsable, élaborée avec des ingrédients locaux et biologiques provenant des fermes voisines, offrant des plats de saison débordant de saveur. Les options végétales abondent, et chaque plat évite, autant que possible, les produits transportés par avion.

— Je suis partante, dit Ivy. Comme tu dis, Isobel, ça semble absolument parfait. Merci de l'avoir trouvé.

Mère a l'air ravie.

— Encore une fois, quel est le piège ? je demande.

Son sourire diminue, et j'attends patiemment qu'elle parle. Le sourire de mon père, en revanche, s'élargit. Que mijotent ces deux-là ?

— Le 10 avril, dit-elle, l'excitation lui redressant la colonne vertébrale. Elle se mord la lèvre.

Nous sommes fin mars. — Dans un peu plus d'un an, dis-je. J'espérais me marier plus tôt — et peut-être avoir un mariage d'été — mais cela me convient si Ivy est heureuse.

Mon père s'éclaircit la gorge. Nous le fixons tous.

— Le 10 avril, répète ma mère. Cette année.

Christopher éclate de rire tout en déchirant le papier d'aluminium d'une autre bouteille.

— Bon sang, dit Ariana. Je suis d'accord.

— *Dans deux semaines* ? demande Ivy, le corps raide. Je lui serre la main, et quand elle se tourne vers moi, elle a l'air terrifiée. Je suppose que ma terreur se reflète largement dans mes propres yeux.

— Voilà ce qui s'est passé, ma mère lève les mains. J'ai demandé la prochaine date disponible, qui est dans vingt-et-un mois. Mais cette pauvre famille a dû annuler à la dernière minute — des problèmes de santé, apparemment — et personne ne peut la prendre parce que personne ne peut planifier un mariage en —

— Sauf Isobel Ravenscroft, dis-je d'une voix traînante. Qui, j'ose dire, apprécierait plutôt le défi.

— Je sais que c'est soudain, admet ma mère, la joie revenant dans ses yeux. Mais qu'en dites-vous ?

— Peu importe ce que vous dites, dit mon père. Votre pétard de mère a déjà payé.

— Sans consulter Ivy ? demande Ariana, offensée pour Ivy.

— Ma chérie, dit-elle à Ariana. Ce pauvre couple. Tu imagines ? Non seulement avoir des problèmes de santé mais devoir annuler leur mariage *et* perdre tout cet argent ? Je ne pouvais pas le supporter. Même si vous deux ne voulez pas de cette date, j'étais heureuse d'aider. Plus qu'heureuse. J'ai payé pour tout — pas seulement le lieu. Je me suis occupée du traiteur, du divertissement, de tout. Tout ce que nous devons faire, c'est nous glisser dans leurs chaussures et faire quelques ajustements mineurs selon nos goûts.

La voix d'Ivy est tendue. — Mais, deux semaines ?

— Aucune pression, ma chérie, dit-elle, ce qui fait de nouveau rugir de rire Christopher. En ce qui me concerne, l'argent est bien dépensé, que vous décidiez de prendre la date ou non.

— Un don plutôt conséquent, murmure mon père, mais il est joyeux à ce sujet. Au moins, la chorale peut avoir son jour de congé.

— Ce n'est pas une église, Papa, dit Christopher. Ivy est une hippie, tu te souviens ?

Mon père a l'air pensif. — Une chorale païenne, alors ?

Ivy agite ses doigts vers mon frère suprêmement agaçant comme si elle lui jetait un sort. J'espère que ça marche.

Je pose ma fourchette. — Juste pour être clair, Mère. Tu dis que tu serais à l'aise pour planifier un mariage qui aurait lieu dans deux semaines ? Sans mettre la pression sur aucun de nous deux ? Cela semble peu probable. Ce genre de grand projet prendrait habituellement un an à Mère. — On dirait qu'il nous faudrait un miracle pour y arriver.

— Mais tout est déjà fait, dit-elle. Le mariage — celui qui a été annulé — était déjà planifié à quatre-vingt-dix-neuf pour cent. Nous allons simplement le reprendre. Pensez à tous ces coûts gaspillés si nous ne le faisons pas !

— Oh, je vois, dit Christopher. Maintenant tu fais culpabiliser Ivy pour qu'elle le prenne. Toute cette nourriture gaspillée. Toutes ces fleurs coupées qui vont juste se faner et mourir. La planète va pleurer et fondre sur elle-même. Ha ! Vous, les pigeons, jouez aux dames pendant que la conspiratrice ici présente — il fait un geste vers Mère — joue aux échecs matrimoniaux en 3D.

Un nouveau plat arrive : une soupe de potiron rôtie avec un filet de safran.

Ivy a retrouvé un peu de sa contenance, et elle redresse les épaules. — Pouvons-nous garder ça petit ?

Christopher renifle, se penchant en avant. — Petit ? Ivy, le « petit » de Mère signifie la moitié de Belgravia et quelque lord qu'elle a rencontré lors d'un gala. Il esquive le coup de serviette joueur de mon père, en riant.

Ma mère l'ignore et pointe ses mains en clocher vers Ivy. — Tu seras en charge de la liste d'invités et de ta robe. Je m'occuperai de tout le reste — si c'est ce que tu veux.

Ivy prend une profonde inspiration et soupire.

— Tu n'as pas besoin de décider tout de suite, dis-je.

— En fait, si, un peu, dit Christopher, tapotant sa Nautilus.

— Oh, j'en suis, dit Ivy. Définitivement partante.

La table éclate en acclamations et applaudissements, et son

sourire est aussi beau que je l'ai jamais vu. Les yeux du bébé Alex s'ouvrent grand devant le vacarme.

— Ivy, dis-je. Tu es sûre ? Je ne veux pas que tu te sentes —

— La seule chose que je ressens, c'est du soulagement, pour être honnête, répond-elle. Et de l'excitation. Je n'ai ni l'envie ni l'énergie de planifier un mariage, et je voulais être mariée avec toi depuis hier.

Il y a plus d'acclamations — même Ariana est ravie — levant le poing de façon inhabituelle comme si son cheval préféré avait gagné une course.

Ma mère lève son verre, les yeux pétillants. — Dans ce cas, j'ai une confession. Ce dîner ? Ce n'est pas juste une fête. C'est le menu de dégustation pour votre réception.

— Géniale, mon amour ! dit mon père, montant le volume de la Sonate au Clair de Lune de Beethoven tout en faisant semblant de diriger la musique avec sa cuillère à soupe. Christopher gémit dans son champagne.

Je me laisse aller dans les rires et la chaleur et remercie ma bonne étoile, tenant fermement la main d'Ivy. Ç'a été des montagnes russes de danger et de désir. Nous avons traversé des choses qu'aucun couple ne devrait traverser, mais rien de tout cela n'a plus d'importance maintenant, parce que nous sommes en sécurité, et dans deux semaines, Ivy sera ma femme.

Deux Semaines Plus Tard

LE JOUR DU MARIAGE

CHAPITRE 49
Toutes les bonnes robes de mariée

IVY

Je me tiens devant le miroir vintage en pied, admirant la robe que je porte – la tenue de mariage de maman de la fin des années 80. Elle me l'a donnée il y a deux semaines quand je lui ai parlé du plan fou d'Isobel d'organiser le mariage aujourd'hui. Elle n'a exprimé que du bonheur et a pleuré quand je lui ai demandé si je pouvais porter sa robe. Je l'ai toujours trouvée magnifique dans les photos encadrées sur la cheminée à la maison. Elle n'avait presque pas besoin de retouches, et celles qui étaient nécessaires ont été faites en une journée. Elle a toujours été douée avec sa vieille machine à coudre Singer – j'ai grandi avec les jolies robes pour le prouver. La robe est vraiment ravissante – et sans fioritures, exactement comme nous.

La soie ivoire est douce contre ma peau, suffisamment portée pour évoquer son histoire, transportant sa chaleur dans ce moment. Le corsage épouse parfaitement mon buste, enveloppé de dentelle délicate avec de minuscules fleurs tissées, captant la lumière quand je me tourne. Je trace du bout des doigts l'encolure haute – simple mais élégante, encadrant ma clavicule sans ornements superflus. Les longues manches en mousseline sont transparentes, parsemées de petits boutons de perle qui courent du poignet au coude. La jupe s'évase doucement en ligne A, frôlant le sol quand je bouge. Elle n'est pas parfaite – il y a un léger pli près de l'ourlet, un murmure du temps – mais c'est ce qui la rend sienne, et maintenant, mienne. Je la sens dans chaque point de couture.

Isobel m'a proposé de m'acheter une robe de n'importe quel créateur que je voulais, mais je ne me sentirais jamais bien dans une robe qui coûte autant que nourrir une famille pendant un an. D'ailleurs, ce que je sais des créateurs de mode fait peur. Alistair a suggéré Vera Wang, alors je l'ai mis au défi de chercher le prix d'une robe Wang et de faire un don du même montant à une soupe populaire locale. Je plaisantais à moitié, mais il l'a fait. Bien sûr qu'il l'a fait, parce qu'il est le meilleur homme de la planète. Et me voilà dans cette magnifique robe, prête à l'épouser.

Enfin, pas tout à fait prête. Nous, les filles, avons d'abord du champagne à boire, puis il y aura des photos – et seulement alors je me tiendrai à l'autel dans le jardin du parc. Nous allions prononcer nos vœux à l'intérieur car nous nous attendions à un temps froid et humide, mais les dieux nous ont offert un cadeau de dernière minute : une journée de mars glorieusement chaude. L'air est vif mais agréable pour ce 10 mars, le ciel d'un bleu doux avec juste un soupçon de nuages.

L'autel lui-même est simple – une table en bois drapée de lin crème, terre à terre et sans prétention, exactement comme je l'aime. Mais l'arche au-dessus ! C'est un cadre robuste en bois tissé de fleurs de début de printemps qui ont dû être amenées à éclore par quelque miracle – des hellébores rose pâle, des narcisses crème et de délicates perce-neige. Des brindilles d'aubépine bourgeonnante et des brins de feuillage persistant ajoutent une touche sauvage et terrestre, l'unissant au parc qui s'étend tout autour. Les fleurs débordent de l'arche comme si elles y poussaient naturellement, encadrant la scène d'une douceur qui semble vivante. Juste à l'extérieur de Londres, cet endroit ressemble à un secret, avec ses pelouses vertes ondulantes, parsemées d'arbres rares.

Il y a des rires et on frappe à la porte, et mon cœur s'élève. Mes gens ! Je cours vers la porte en chêne massif et l'ouvre. Maman, Isobel et Becks arrêtent de rire quand elles me voient.

—Salut ! je crie pratiquement, nervosité et joie se précipitant ensemble. Je suis sûre que j'ai aussi un regard particulièrement fou.

—Qu'est-ce que c'est que ça, dit Becks, bouche bée. Les yeux de maman se remplissent de larmes, et ceux d'Isobel brillent.

—Oh, ma chérie, s'exclame maman. C'est trop.

Je cesse de sourire. —Quoi ? La robe est trop ? Je pensais...

—Non, ma chérie, non. Toi. C'est trop pour moi de te voir comme ça. Trop de... tout. Tu es la plus belle mariée que j'aie jamais... et elle éclate en sanglots.

Isobel pose une main sur son dos tandis que Becks se jette sur moi, me serrant si fort qu'on pourrait croire qu'elle a été élevée par des grizzlis. —Bordel, St. Ives ! T'es absolument renversante dans cette robe. Tu n'es pas censée la porter encore, tu sais. On a du boulot côté boisson. On ne veut pas tacher ce bijou. Elle brandit champagne et fleurs.

—Toutes les bonnes robes de mariée ont une goutte de champagne dessus, dit Isobel, guidant ma mère qui pleure dans la pièce.

—C'est chic, hein ? s'émerveille Becks devant l'intérieur de la pièce. Parfait pour la séance photo. Quand est-ce que le photographe arrive ?

—Dans deux heures, répond Isobel, jetant un coup d'œil à sa montre élégante. Donc nous avons le temps pour notre petite fête d'abord. La nourriture sera bientôt là.

Je serre maman dans mes bras, et elle se reprend. —Désolée, ma chérie. Je ne m'attendais pas...

—Oh, c'est bon, Madame Mickelson, dit Becks. Laissez-moi vous servir un verre, ça calmera nos nerfs.

—Vous êtes toutes magnifiques, dis-je. Tout s'est bien passé pour venir jusqu'ici ?

—C'était un rêve, répond Isobel, me faisant un clin d'œil. Celui qui a planifié ce mariage doit être au top de son jeu.

—Tu as été absolument incroyable, dis-je, et les autres acquiescent vigoureusement. Je n'aurais pas pu imaginer un cadre plus beau même si j'avais essayé.

—Tu pourrais devenir pro, tu sais, dit Becks à Isobel. Si l'affaire Ravenscroft Enterprises ne marche pas.

Isobel rit. J'ai été surprise – de la meilleure façon – par la façon dont Becks et Isobel se sont entendues ces deux dernières semaines. Totalement opposées, mais on jurerait qu'elles sont amies depuis des années. Elles sont les parfaites antithèses l'une de l'autre – Isobel si élégante et distinguée, Becks si terre-à-terre et directe. Becks est devenue membre de l'équipe de planification du mariage par défaut lorsqu'elle venait pour la physiothérapie tous les jours, heureuse de donner son avis sur tout, du gâteau de mariage (*pas d'horrible pâte à sucre, s'il vous plaît ; c'est ganache au chocolat fouettée ou rien*) aux chaussures que je porterais (*plates, confortables, pour danser*). Nous avons opté pour des Chuck 70 dorées, et je pense que ce sont les chaussures les plus amusantes que j'aie jamais possédées. Becks me les a achetées pour mon « quelque chose de neuf ».

La robe était « quelque chose d'ancien », et pour « quelque chose d'emprunté », je porte la broche en argent de l'avion, juste pour rire — et pour envoyer un message clair à Alistair que le mariage ne va pas entraver notre vie sexuelle aventureuse. Becks m'a proposé une petite pilule bleue pour compléter le tableau, mais je lui ai dit qu'on n'avait pas encore besoin d'aide dans ce domaine. Bien sûr, maintenant qu'elle sort officiellement avec McFilthy — qui est une vraie *perle* d'être humain — elle a accès aux médicaments à la demande.

— Steve est bien arrivé ? je demande. *C'est Steve McFilthy pour toi.*

— Oui, rayonne Becks. Il était de garde au bloc, mais un collègue lui devait un service, alors ils ont échangé.

— Espérons que le *collègue* est aussi un chirurgien qualifié, taquine Isobel, ce qui fait glousser Maman.

CHAPITRE 50
Un Autre Genre de Promesse

ALISTAIR

Je vais être en retard à mon propre mariage.

Ce matin, pendant que je faisais de l'exercice, Brodie a appelé. J'ai immédiatement craint pour Ivy, mais je me suis ensuite souvenu qu'elle était en sécurité au lieu du mariage, entourée d'amis et de famille.

— *Entrepôt de* Silvertown, a dit Brodie. *Signalement d'une fille droguée correspondant à la description d'Emma Sandringham. Dois-je envoyer des* hommes ?

— Non, ai-je répondu. J'avais promis à Ivy que je m'en occuperais. Nous ne pouvions pas risquer que ça tourne mal.

L'aube de Silvertown suinte de gris, la Tamise pulsant paresseusement au-delà du squelette corrodé de l'entrepôt. Je m'accroupis à l'ombre d'une grue portuaire, sa structure en fer s'affaissant contre le ciel.

Henderson est à mes côtés, contre les ordres d'Ariana. Il a refusé de me laisser venir seul. L'air empeste le diesel, la pourriture humide et quelque chose d'âcre, comme du désespoir imprégné dans l'asphalte craquelé. L'entrepôt se dresse devant nous, relique imposante du passé industriel de Londres — murs ondulés piqués de rouille, fenêtres soit condamnées avec du contreplaqué éclaté, soit béantes comme des dents cassées. Un léger bourdonnement s'échappe d'un générateur quelque part à l'intérieur. Je serre la mâchoire, espérant qu'Emma respire encore.

— Pas d'hommes à vue. C'est sans surveillance, murmure Henderson, son léger accent coupé alors qu'il scrute le périmètre à travers le brouillard matinal. La porte latérale est notre meilleure option. Les charnières sont fichues, mais ce sera silencieux si on fait attention.

J'acquiesce, mes doigts effleurant le pistolet sous ma veste, son poids offrant un réconfort glacial. Mon costume de mariage est suspendu dans la voiture, repassé et attendant les vœux de 16 heures dans le Hertfordshire, mais ce matin est réservé au sang et à un autre genre de promesse que je tiens pour Ivy.

Emma. Juste un nom, une mission, un fantôme que je récupère pour la paix d'Ivy.

Un souvenir de la famille Kuznetsov monte dans ma poitrine comme une fumée noire. Je le chasse. Ils sont morts. Ce ne sont que leurs décombres.

— On y va, dis-je, gardant ma voix basse. Nous traversons rapidement le terrain, nos bottes silencieuses sur les éclats de verre et le gravier. Le brouillard s'accroche, humide et lourd, étouffant nos pas. La porte latérale pend à moitié de ses gonds. Alors que je l'ouvre, je grimace, pistolet prêt, mais personne ne vient. À l'intérieur, l'obscurité nous enveloppe, et une âcreté aigre me fait serrer la gorge — la négligence humaine, celle qui suppure dans des endroits comme celui-ci.

Un rat se faufile sur une poutre, ses griffes grattant dans le silence. Henderson indique une cage d'escalier au fond, ses marches métalliques rouillées par endroits, descendant dans l'ombre.

— En bas, dit Henderson, sa voix à peine plus qu'un murmure. Des junkies.

Je serre les dents. Emma n'est pas une junkie — pas de son propre chef. La mafia l'a bourrée de fentanyl, l'a transformée en marionnette, puis a coupé les ficelles quand elle a cessé de danser.

Les escaliers grincent sous mon poids, chaque pas un pari sur du métal rouillé. Henderson suit, sa respiration saccadée dans l'air confiné. Plus nous descendons, pire est la puanteur — urine, vomi, quelque chose de chimique qui me brûle le nez.

Le sous-sol est un gouffre, un aperçu de l'enfer. Une seule ampoule se balance sur un cordon effiloché, sa lueur jaunâtre s'étalant sur un sol en béton luisant de crasse. Des seringues usagées craquent sous nos pieds ; des chiffons souillés s'entassent dans les coins ; une empreinte de main barbouillée tache le mur. Trois lits de camp s'alignent d'un côté, deux vides, leurs matelas affaissés, noirs de moisissure. Sur le troisième gît une femme, un oiseau brisé.

Au début, je pense que nous sommes arrivés trop tard. Elle est morte.

Des traces d'injection serpentent sur sa peau, meurtrie et couverte de croûtes, une carte de sa ruine. Ses cheveux, emmêlés de sueur, s'accrochent à un visage si décharné que ses pommettes semblent vouloir transpercer sa peau. Ses lèvres sont bleues.

— Doux Jésus, s'étouffe Henderson. Il s'agenouille à côté d'elle et vérifie son pouls, puis regarde ses doigts. Bleus. Il essaie de la réveiller, mais elle est trop loin.

La vue d'elle, mâchée et recrachée, déclenche quelque chose de viscéral. Je glisse un bras sous elle, son corps léger comme celui d'un enfant. Elle est trop froide. Le lit de camp craque quand je la soulève ; l'ampoule se balance, projetant des ombres sur les murs couverts de graffitis.

La tête d'Emma dodeline contre mon épaule, et elle s'agite, un faible râle dans sa gorge. — Anya.

Mon souffle se bloque. Anya a joué un rôle dans tout ça. Bien sûr. Elle avait aussi essayé de me rendre accro aux drogues quand j'étais son prisonnier.

— Chien... râle Emma, sa voix si faible que je l'entends à peine. Je me fige, me penchant plus près, son haleine aigre contre mon visage. — Chiens... marmonne-t-elle, les yeux révulsés, ses paroles se dissolvant en un gémissement. Puis elle s'évanouit de nouveau, inerte dans mes bras, son pouls vacillant.

Chiens ? Je suppose que c'est le fentanyl qui parle, son esprit déroulé. Anya avait-elle des chiens ? Je réajuste son poids et hoche la tête vers Henderson. — Partons.

Nous nous frayons un chemin à travers les caisses, les ombres s'accrochant à nous, les néons bourdonnant comme une migraine. Nous nous glissons dans la fraîcheur humide, soulagés de respirer de l'air frais. La voiture est garée derrière une benne rouillée, cachée par le brouillard. J'allonge Emma sur la banquette arrière, sa respiration si faible que je vérifie son pouls à nouveau — toujours là, à peine.

Je fonce aux urgences. Les médecins s'agitent autour de nous, leurs visages sombres, branchant Emma à des perfusions et des moniteurs. — État critique, murmure l'un d'eux. Elle tient bon, mais c'est un pile ou face. J'arpente le couloir stérile, la puanteur de l'entrepôt encore dans mes narines, et je sors mon téléphone, appelant Brodie. — Emma a mentionné Anya Kuznetsov, et puis a dit « chien » ou « chiens », dis-je, ma voix rauque. Peut-être un animal dont elle s'inquiète ?

La ligne de Brodie grésille, son ton neutre. — Pas d'animaux dans son appartement, monsieur. Nous l'avons passé au peigne fin. Et Anya était allergique.

Seul Brodie pourrait savoir qu'Anya Kuznetsov était allergique aux chiens. Je raccroche, l'énigme comme une écharde que je ne peux extraire. Est-ce simplement son délire qui parle ? Probablement. Henderson me tend un café alors que nous retournons à la voiture. Il est temps de rentrer et de commencer à se préparer pour la journée.

— Ari va te tuer, dis-je. Ou moi.

— Ouais, elle va nous tuer tous les deux. Mais espérons que ce ne sera pas avant le mariage.

CHAPITRE 51

Baisse de salaire

IVY

Je me sens complètement entourée d'amour et de rires tandis que Maman, Isobel, Becks et moi discutons du tourbillon qu'est devenue ma vie depuis ma rencontre avec Alistair.

Isobel me tend un cadeau de la part de Brumilde, qui s'occupe d'Alex et n'a pas pu venir à cette petite fête. Je déplie le papier et découvre la recette du plat qu'elle a préparé pour Alistair et moi à notre retour de l'île de Cramond.

— Le poulet "Épouse-moi", dit Isobel.

— Qui voudrait épouser un poulet ? glousse Maman, faisant pouffer Becks.

— C'est une recette, Maman, dis-je en remerciant Isobel et en la glissant dans mon sac.

— Ah, regarde-toi maintenant, à collectionner des recettes. Tu as vraiment épanoui, dit Maman avec fierté. Elle m'avait vue me recroqueviller sous le regard critique de Jeff, et Alistair avait inversé ce rétrécissement, et même plus. — Et tu n'as pas renoncé à tes principes pour ton homme.

Je ne discute pas ; ce n'est pas le jour pour ça. Mais je sais que c'est un conflit permanent dans ma vie – trouver l'équilibre entre mon devoir envers la planète et ce nouveau style de vie fortuné.

Maman se cale en arrière, un léger sourire tirant le coin de sa bouche alors qu'elle se remémore un souvenir. — Quand Ivy avait une dizaine d'années, elle s'était mis en tête de "sauver les insectes". Elle et Becks avaient lu dans un livre de la bibliothèque – les filles campaient toujours à la bibliothèque, parfois avec le petit Jamie à la traîne – que les insectes mouraient parce que les jardins étaient trop bien entretenus. Notre jardin était déjà son projet – son "Hôtel à abeilles" fait de vieux bambous et d'une boîte à couture. Mais elle n'en avait pas fini. Elle en voulait un dans le jardin de M. Thompson à côté, le vieux veuf qui fronçait les sourcils à quiconque s'approchait.

Isobel est charmée.

Maman continue. — Alors la petite Ivy a passé quelques jours à dessiner des plans dans son carnet, utilisant des brindilles et des pommes de pin du parc. Puis elle s'est rendue chez lui avec ses dessins et des graines de fleurs sauvages qu'elle avait achetées avec son argent de poche. Je pensais qu'il la chasserait, mais elle lui a expliqué comment les coccinelles pouvaient manger les pucerons sur ses roses. Il a grogné et l'a laissée construire son abri. Après l'école, elle a assemblé un refuge plutôt ambitieux qu'elle a nommé "Gîte à Insectes", peignant une enseigne avec une coccinelle dessus qu'elle a accrochée à sa clôture. Elle le vérifiait tous les jours, expliquant tout à Jamie. M. Thompson a commencé à observer aussi, et a même apporté un jour un biscuit pour elle et Becks. Il a dit que l'abri et les fleurs sauvages avaient embelli son jardin et qu'il ne pulvérisait plus ses roses. On ne pouvait pas effacer le sourire de son visage après ça. C'était mon Ivy – tranquillement têtue, réparant le monde un petit bout à la fois.

— Eh bien, dit Isobel, tu dois être très fière. Ivy réparera bien plus qu'un petit bout à la fois maintenant.

Maman rayonne. — Oui. Elle m'a parlé de son nouveau travail. N'est-ce pas merveilleux ?

— En parlant de ça, dis-je en reposant ma flûte de champagne. — Becks, je sais que tu aimes ton boulot...

Mon timing n'est pas idéal car ma meilleure amie a la bouche pleine de sushi. Une fois qu'elle avale, elle répond : — Qu'est-ce qu'il n'y a pas à aimer ? Un salaire minimum, des délais ridicules, et une cuisinette de bureau qui empeste le thon réchauffé au micro-ondes – alors que personne n'y réchauffe jamais de thon.

— Je me demandais..., dis-je, choisissant soigneusement mes mots. — Si tu serais intéressée par une nouvelle carrière. Je sais que tu aimes la partie recherche de ton travail, et j'ai besoin d'une chercheuse.

— Pour la fondation ? demande-t-elle, l'incrédulité plissant son front.

Je hoche la tête. Je sais que l'idée semble ridicule à première vue. Becks ne travaillerait jamais pour un mastodonte comme Ravenscroft Enterprises. Il y a à peine quelques mois, nous manifestons littéralement devant le gratte-ciel. Pourtant, une fois que l'idée s'est emparée de moi, elle ne m'a plus lâchée.

— J'ai besoin de quelqu'un comme toi, douée pour l'analyse minutieuse et qui n'a pas peur du travail acharné. Et quelqu'un avec une boussole morale inébranlable qui me gardera sur le droit chemin. Tu peux nous conseiller sur ce que tu considères comme un salaire équitable, et tu auras plein d'avantages.

— Je peux y réfléchir ? demande Becks.

Je me précipite pour répondre, gênée de ne pas lui avoir proposé du temps pour y réfléchir. — Bien sûr !

Elle bondit soudainement en ricanant. — *Réfléchir* ? Tu dois être folle. Bien sûr que j'adorerais. Je prendrais même une fichue baisse de salaire pour travailler avec toi sur ce projet incroyable.

— Ce ne sera pas nécessaire, Mademoiselle Bradley, dit Isobel, visiblement ravie du résultat. — Comme c'est merveilleux. Ouvrons une autre bouteille, voulez-vous ?

CHAPITRE 52
Isle of Dogs

ALISTAIR

Le brouillard étouffe l'Isle of Dogs, noyant la Tamise dans un grondement inquiet. Je fais doucement s'arrêter la voiture derrière un conteneur d'expédition rouillé, ses flancs usés dépourvus de marquages — une relique silencieuse dans cet endroit abandonné. Ma montre fait tic-tac, le poids du mariage me comprimant la poitrine. Mon costume repose à l'arrière, propre et intact, une promesse faite à Ivy qui semble fragile face à la tâche qui m'attend. Cette matinée a déjà laissé sa marque : extraire Emma de cet entrepôt de Silvertown non loin d'ici, son corps frêle ravagé par le fentanyl et Dieu sait quoi d'autre.

Il y a une heure, alors que je me regardais dans le miroir en me rasant, ça m'a frappé : Isle of Dogs, ce dock, l'ultime refuge de la mafia.

Le suivi de Brodie l'a confirmé — des rumeurs concernant un yacht, l'*Anya*, préparé au Millwall Outer Dock, prêt à appareiller aujourd'hui. Nommé d'après la fille de Mikhail Kuznetsov, celle que j'ai tuée quand elle s'est jetée sur moi, les yeux hagards. C'était de la légitime défense, mais cela a dressé

Mikhail et son dernier fils, Yuri, contre moi. Maintenant, il semble qu'ils soient toujours en vie, prêts à s'échapper à moins que je n'en finisse avec eux ici.

Alors me voilà, le jour de mon mariage.

L'air est humide et amer. Le Millwall Outer Dock s'étend devant moi, un cimetière de l'industrie perdue de Londres — des quais s'affaissent dans la rivière, leurs poutres noircies par la pourriture, des grues s'élevant comme des membres brisés à travers la brume. Des conteneurs se dressent en piles inégales, certains éventrés, déversant de la paille moisie et du bois brisé. De l'autre côté de l'eau, les tours de Canary Wharf se tiennent faiblement, leurs façades de verre froides et indifférentes à ce rivage abandonné. L'*Anya* est amarré au quai le plus éloigné, sa coque blanche formant une silhouette floue dans le brouillard — un symbole de richesse au milieu des ruines. J'aperçois du mouvement : trois gardes, fusils négligemment en bandoulière, patrouillant au bord du quai. Du yacht, des voix familières percent la brume — russes, tranchantes de conflit : le grondement bas et autoritaire de Mikhail, le grognement aigu et volatile de Yuri. Ils sont donc vivants, mais leur dispute est une fissure que je peux exploiter.

Ivy est en sécurité, ignorant les ténèbres dans lesquelles je m'enfonce. Mikhail est un stratège, son empire bâti sur une survie impitoyable, les affaires étant sa seule foi. Yuri incarne le chaos, un psychopathe dont le couteau est le prolongement de sa volonté. S'ils s'échappent, ils viendront pour Ivy, pour notre famille, pour tout ce que nous nous sommes battus pour construire. Mes poings se serrent — une page blanche pour le sang que je sais m'attendre. Je suis ici pour un seul but : en finir, couper Mikhail et Yuri de nos vies — pas de distractions, pas d'hésitation.

Le brouillard est un allié, dissimulant mes mouvements tandis que je navigue entre les conteneurs.

Mon pouls est régulier. Je m'arrête derrière une caisse et j'étudie le quai : l'*Anya* se balance doucement, son nom gravé en élégantes lettres cursives. Trois gardes : un près de la passerelle, fumant, son fusil pendant ; un autre portant une caisse vers le yacht, marmonnant dans sa barbe ; un troisième faisant les cent pas au bout du quai, contemplant les eaux troubles de la rivière. Les voix provenant du yacht deviennent plus aiguës, les mots russes chargés de colère, leur conflit une fenêtre que je peux forcer.

— *Ty idiot, Yura* ! lance Mikhail. *My ukhodim seychas, ili vsyo poteryaem !*

— *Trus* ! rétorque Yuri, quelque chose de lourd claquant. *On ubil Anyu, a ty bezhish !*

La réponse de Mikhail est froide, mesurée. — *Dumay o dele, malchik. Odessa zhdyot.*

Je dois presser mon avantage pendant que leur attention est consumée l'un par l'autre. L'instabilité de Yuri les rend vulnérables. Je regarde ma montre. Le mariage me tire, mais mon objectif m'ancre ici, le revolver lourd sous ma veste. Personne d'autre — juste moi, le brouillard, et la tâche. Dans mon esprit : Ivy. Toujours Ivy. J'avance, délibéré et silencieux.

Je m'approche du premier garde, qui se tient près de la Tamise, jetant sa cigarette dans l'eau, sa braise mourant avec un faible sifflement. Je réduis la distance, la crosse de mon Glock heurtant sa tempe d'un coup unique et précis. Il s'effondre silencieusement, le sang ruisselant de son cuir chevelu. Je le traîne derrière un conteneur, attachant ses poignets avec un serre-câble, son pouls faible mais présent. Un de moins.

Le deuxième garde est près de la passerelle, parlant doucement dans une radio, le brouillard étouffant ses paroles. Je me rapproche, utilisant l'ombre d'une caisse, et je frappe, mon bras s'enroulant autour de sa gorge. Il se débat, ses bottes raclant, la radio tombant sur le gravier. Je tiens jusqu'à ce qu'il s'affaisse, inconscient, et je l'attache. Deux.

Le troisième garde se déplace vers le yacht, une caisse en équilibre sur son épaule, son fusil en bandoulière dans son dos. Je me glisse sur la passerelle, son bois glissant sous mes bottes, la Tamise bouillonnant en dessous, froide et impitoyable. J'atteins le pont et m'accroupis derrière un canot de sauvetage, sa toile empestant le moisi. Le garde pose la caisse, s'étirant, inconscient du danger. Je bouge rapidement, mettant une balle dans son dos. Il chancelle, puis s'effondre. Les voix de la cabine s'élèvent à nouveau — Mikhail et Yuri, leur dispute ininterrompue.

— *Zabud Anyu !* grogne Mikhail. *Biznes vazhnee !*

— *Ya ubyu ego !* rugit Yuri, une caisse heurtant le sol.

J'avance vers l'écoutille, arme levée. Le pont est glissant, ses rambardes neuves brillant faiblement — un contraste saisissant avec la décrépitude du quai. Le quai reste silencieux, le brouillard tenant bon, aucune nouvelle menace n'apparaissant. Je vais en finir.

CHAPITRE 53
Prendre le flambeau

IVY

— Bien, mesdames, c'est presque l'heure. Le photographe sera bientôt là pour nos premières photos.

— Cachez les preuves ! plaisante Maman en jetant une bouteille vide à la poubelle.

— Alors cette partie consiste juste à faire semblant d'aider Ivy à enfiler sa robe, c'est ça ? demande Becks.

— C'est à peu près ça, répond Isobel.

— Ah. Maman, Becks. On n'a plus de champagne. Pourriez-vous aller chercher quelques bouteilles fraîches pour les photos ? On ne les ouvrira pas.

Becks éclate de rire.

— Bien sûr qu'on va les ouvrir. Allez, Maman Mickelson, partons à leur recherche.

Becks offre son bras à Maman, et elles sortent de la pièce comme deux femmes en mission.

Isobel me regarde de ses yeux perçants. Sa magnifique robe fourreau bleu nuit miroite tandis qu'elle se tourne vers moi.

— Tu voulais qu'on soit seules ?

Son regard se pose sur le seau à vin dans le coin, que nous savons toutes les deux rempli de champagne.

Je me sens un peu troublée, mais je continue.

— Je voulais juste te demander quelque chose. Tu n'es pas obligée de répondre si tu ne veux pas. C'est personnel.

Elle prend une profonde inspiration, s'assoit et me fait signe de prendre le siège en face d'elle.

Je lui adresse un faible sourire.

— Tu sais ce que je vais te demander, n'est-ce pas ?

Bien sûr qu'elle le sait. C'est la femme la plus intelligente — et j'oserais dire la plus rusée — que j'aie jamais rencontrée.

— Je crois que oui, répond-elle. Pourquoi une telle précipitation, n'est-ce pas ?

— Je voulais leur envoyer des fleurs, dis-je. Au couple qui a dû annuler leur mariage pour raison de santé. Je voulais leur souhaiter un prompt rétablissement.

Isobel rit et secoue la tête.

— J'aurais dû me douter que tu ferais ça. J'ai tendance à te sous-estimer, malgré le fait que je sache à quel point tu es intelligente.

— Tu leur as versé une somme énorme pour qu'ils nous cèdent leur mariage alors qu'ils n'avaient aucune intention d'annuler. Tu savais que le marié était endetté et ne refuserait pas.

— Brodie est très doué pour découvrir ce genre de choses. Tout le mérite lui revient.

— Peut-être pas tout le mérite, réponds-je. Pourquoi as-tu fait ça ? Et pourquoi avoir menti à ce sujet ?

Le sourire d'Isobel se teinte de tristesse.

— Je pense que tu connais aussi la réponse à cette question.

Mon cœur se serre.

Il y a quelques semaines, quand Alistair testait Brodie pour voir s'il était vraiment le protégé de Blackwood, il a posé diverses questions auxquelles Brodie a correctement répondu. Une réponse nous a surpris, car c'était une nouvelle pour Alistair et Chris. Brodie a révélé qu'Isobel avait subi une intervention médicale — sous couvert d'un voyage en Italie avec des amies de son club de lecture.

— Personne d'autre n'est au courant, dit-elle. Ni Gregory, ni les garçons. Pas même Brumilde. Je voulais tous vous protéger.

Mes yeux me piquent de larmes. J'aimerais n'avoir jamais eu de soupçons. J'aimerais n'avoir jamais posé la question. J'en étais venue à aimer et respecter cette femme ; j'étais si reconnaissante qu'elle m'ait accueillie dans sa famille avec tant de chaleur.

Je renifle pour retenir mes larmes, mais en réalité, j'ai envie de pleurer.

Isobel pose une main fraîche sur mon genou.

— Ne pleure pas, ma chérie. Le photographe va arriver d'une minute à l'autre.

Je prends sa main dans la mienne — quelque chose que je n'aurais jamais fait avant ce moment.

— Combien de temps te reste-t-il ? je demande.

Elle sourit à nouveau.

— Juste assez.

Comme j'en veux plus, elle poursuit.

— Juste assez pour te voir mariée et, avec un peu de chance, rencontrer mon deuxième petit-enfant. C'est tout ce que je veux, vraiment. Ensuite, je partirai en paix.

Je secoue la tête, les larmes ruisselant sur mes joues.

— Non. Tu mérites plus que ça. Tu mérites de voir tes petits-enfants grandir.

Sa main serre la mienne tandis qu'elle me regarde droit dans les yeux.

— Oh, Ivy. Tu ne comprends pas ? J'ai tout ce que je pourrais désirer. Ariana est revenue et heureuse avec Harry ! Christopher est... eh bien, *Christopher*. Et je n'ai jamais vu Alistair aussi heureux de toute sa vie — tout cela grâce à toi. Il n'y a jamais de bon moment pour dire adieu, mais tu m'as apporté tant de paix et de bonheur. Ce n'est pas souvent que je dis cela, mais parfois il faut savoir s'incliner.

Je sanglote presque maintenant, mais Isobel ne l'accepte pas. Elle me relève, me met des mouchoirs dans la main et m'évente pour sécher mes larmes. J'essaie de contrôler ma respiration.

Elle me prend fermement par les bras.

— Ivy Ravenscroft. Tu es la matriarche dont cette famille a besoin. Tu possèdes un mélange incroyable et unique de qualités. Tu es intelligente et courageuse, et tu as un cœur en or. Personne n'est à la hauteur de la tâche comme toi. Tu as prouvé ta valeur maintes et maintes fois. Il est temps pour toi de prendre le flambeau.

Je suis déconcertée. Je veux argumenter, mais elle me donne une ferme pression et un sourire fier. Le photographe frappe à la porte.

— Fais bonne figure maintenant, ma chérie, dit-elle en me frottant le dos. Prends une grande respiration et arrange ton maquillage. Il y aura tout le temps de pleurer après la cérémonie.

CHAPITRE 54
Le Fantôme d'Anya

ALISTAIR

Je descends les escaliers de la cabine, arme stable, l'intérieur du yacht offrant une collision entre luxe et désespoir. Les murs de teck poli reflètent une lumière douce, les sièges en cuir sont impeccables, mais des caisses encombrent le sol, leurs inscriptions en cyrillique suggérant drogue ou argent liquide – ligne de vie de la mafia. L'air porte l'odeur d'huile de fusil, de vodka, et la tension vive d'une dispute ; les voix de Mikhail et Yuri sont tendues de rage. Mikhail se tient devant une table à cartes, grisonnant, ses cheveux gris coupés court, des yeux comme de la pierre fracturée, un revolver dans son holster à la hanche. Yuri fait les cent pas, mince et agité, lame à la main, son acier captant la lumière. Ses cheveux noirs sont collés de sueur, ses yeux sauvages, ses lèvres tordues en un rictus. Ils sont absorbés par leur querelle, inconscients de ma présence, les caisses m'offrant une couverture.

— *My dolzhny ukhodit, Yura !* aboie Mikhail, son poing frappant la table. *Odessa, novyy start !*

— *Ty prodaysh yeyo pamyat !* siffle Yuri, son couteau fendant l'air. *Anya umerla iz-za nego !*

— *Dumay o dele !* rétorque Mikhail. *Ili my sginem !*

L'obsession de Yuri pour la mort d'Anya alimente son chaos, tandis que Mikhail ne pense qu'aux affaires – la survie étant son seul objectif. Je sors de l'ombre, ma voix basse et ferme. — Lâchez ce couteau, Yuri. Mikhail, gardez vos mains visibles.

Yuri se retourne brusquement, les yeux flamboyants, un prédateur sentant sa proie. Mikhail s'immobilise, sa main près de son revolver, m'évaluant. — Alistair, dit-il, passant à l'anglais, sa voix lourde de l'accent de Moscou. Vous auriez dû rester loin.

— Je termine ce que je commence, je réponds, mon arme toujours stable. Vous ne prendrez pas la mer, Mikhail. Pas après ce que vous avez fait. Reculez, ou cela se termine maintenant.

Yuri rit, un son dur et grinçant, son couteau toujours en mouvement. — Tu as tué Anya, espèce de salaud. Je vais t'éventrer pour elle ! Il bondit, sa lame décrivant un arc rapide, plus vite que je ne l'avais anticipé. Je décale, je tire, mais mon tir frappe une caisse, le bois éclate. Yuri approche. Je saisis son poignet, tordant avec force, et le pousse contre une caisse. Il est nerveux, animé par la folie. Je force sa main vers le bas, son couteau tombe avec bruit, et j'enfonce mon coude dans sa mâchoire. Il chancelle, le sang coulant de sa lèvre, ses yeux brûlant toujours d'une joie sauvage.

Mikhail dégaine son revolver et tire ; la balle me manque, envoyant du feu dans mes nerfs. Je plonge derrière une caisse, des éclats tombant autour de moi. Je roule et riposte, mon tir atteignant Yuri à la cuisse. Il crie, le sang se répand et imbibe son pantalon, mais il rampe en avant, récupérant son couteau, la lame brillant alors qu'il se traîne vers moi.

Je frappe son poignet d'un coup de pied, envoyant le couteau glisser au loin, et je le plaque, mes poings frappant avec précision. Son nez se brise, le sang éclaboussant ma manchette. Il griffe mon visage, ses ongles tirant du sang, une bête désespérée même si sa force faiblit. Je cogne sa tête contre le sol – une fois, deux fois, trois fois – jusqu'à ce que son corps devienne immobile, ses yeux vides. Je prends sa lame bien-aimée.

Mikhail est en mouvement, se dirigeant vers le pont, revolver à la main. Je me lève ; le brouillard s'est épaissi, le pont glissant alors que je le poursuis. Il atteint la barre, le moteur grondant, le yacht commençant à bouger.

— Vous ne pouvez pas m'arrêter ! crie-t-il, tirant, ses balles frappant les rambardes. Je me cache derrière un canot de sauvetage, sa toile humide et lourde, et me déplace pour le prendre à revers. Mon amour féroce pour Ivy brûle en moi. Je charge, le plaquant sur le pont, son revolver glissant sur le bois.

Nous luttons ; sa force est féroce, inflexible malgré son âge. — Tu vas mourir pour ça ! grogne-t-il, son poing se connectant avec ma mâchoire, la douleur explosant à travers mon crâne. Je lui rends le coup avec un coup de tête, fendant sa lèvre. Il atteint ma gorge, mais je me déplace, l'immobilisant, le couteau de son propre fils pressé contre sa jugulaire.

— Votre empire sanguinaire est terminé, dis-je, ma voix ferme malgré l'effort.

Son rire est froid, défiant. — Les affaires nous survivent tous.

J'enfonce le couteau, le sang jaillissant, chaud et épais. La respiration de Mikhail s'interrompt, et son expression s'effondre. Quand je vérifie son pouls, je vois la croix argentée et bleue autour de son cou – la reconnaissant de la chapelle de Manchester et du laboratoire de Cramond. Je l'arrache et la mets dans ma poche.

Je confirme la mort de Yuri. La cabine est un naufrage de bois éclaté et de cramoisi.

Je titube jusqu'à la barre, mes jambes instables, mes

membres pulsant d'adrénaline. Le moteur du yacht ronronne, mais je localise la conduite de carburant et la coupe avec mon couteau. Une balle dans le réservoir provoque un sifflement, les flammes se propageant à travers le cœur du yacht. Je saisis le sac noir de Mikhail et l'emporte. Le yacht coule alors que je saute sur la jetée, le brouillard dissimulant la faible lueur du feu.

CHAPITRE 55

Abandon

IVY

Je me tiens devant l'autel, et je suis déconcertée.

Tout semble s'être déroulé comme prévu : nous avons fait nos photos d'enterrement de vie de jeune fille, partagé une autre bouteille de champagne, vérifié notre maquillage et nos robes, et Papa m'a accompagnée le long de l'allée parfaite. Maintenant, je me tiens sous l'arche fleurie. Seule — à moins de compter Christopher, qui sirote dans sa flasque clinquante tout en consultant frénétiquement son téléphone.

Ari et Harry sont partis enquêter. Maman m'adresse des sourires encourageants, tandis que Becks, ma demoiselle d'honneur, semble prête à frapper quelqu'un. Brumilde, ma témoin principale, donne à manger à Alex qui fait des caprices à l'intérieur. Isobel est partie à la recherche de réponses.

Au fil des minutes, ma confusion se transforme en inquiétude qui me noue l'estomac. Je sais qu'Alistair ne manquerait jamais ce moment, ce qui signifie qu'il lui est arrivé quelque chose. Je ne peux pas supporter cette idée — ni aujourd'hui, ni jamais. Je suis sur le point de jeter mon bouquet et de courir à sa recherche quand je vois Isobel réapparaître près du bâtiment, me faisant un signe de pouce levé. Elle sourit, et nous échangeons un regard significatif. Tout va bien.

Oh, merci mon Dieu. Le soulagement me submerge. Merci, merci, merci. J'entends une voiture klaxonner au loin, ce qui n'a pas de sens, mais peu m'importe. Je me dresse sur la pointe des pieds, scrutant l'horizon à la recherche de mon homme. C'est alors qu'une Mini apparaît, roulant lentement. Mon froncement de sourcils se transforme en un large sourire. Je n'y crois pas, mais c'est Jamie qui conduit. Il est dans la nouvelle voiture qu'Alistair lui a achetée. Je jette un coup d'œil à Maman et Papa, et ils s'essuient tous les deux les yeux. Jamie peut conduire ! Et il a une voiture ! Cela va complètement transformer sa vie. C'est magique quand il ralentit et se gare, puis ouvre fièrement la porte pour le marié. Becks se joint aux larmes.

Oh, mon Dieu, mon Alistair.

Le voir vivant et en bonne santé, le regarder serrer la main de Jamie et le remercier pour la balade avant de me rejoindre sous l'arche, avec ses larges épaules et son air heureux. Ariana se tient à mes côtés, échangeant des sourires larmoyants avec Becks, tandis que Harry prend sa place de témoin d'Alistair.

Je ne pleure pas quand je regarde le beau visage d'Alistair — les lèvres que je connais si bien, l'esprit, le corps. Je suis obsédée par chaque partie de lui. Je suis la femme la plus chanceuse, la plus chanceuse au monde.

Mes sentiments se reflètent dans ses yeux. Je vois son amour pour moi, son attention, sa protection, comme s'il mourrait avant de laisser quoi que ce soit m'arriver. Il déteste l'idée que je ferais la même chose pour lui.

Je me rends compte que je ne respirais pas correctement, alors je prends une grande inspiration. Alistair me sourit et se mord la lèvre. J'ai envie de lui dire que je ne suis pas nerveuse à l'idée de l'épouser. J'étais terrifiée que quelque chose soit arrivé ; c'est pour ça que je retenais mon souffle. Mais l'épouser ? C'est la partie facile.

Il me tend quelque chose. Quand je regarde ma paume, je vois un éclat d'argent et de bleu, et je pense, Oh comme c'est astucieux, il m'a trouvé quelque chose de bleu. Mais ensuite je cligne des yeux et je me concentre, et je vois que c'est une croix orthodoxe russe ancienne en argent. Celle de Mikhail. Et il y a une petite éclaboussure de sang sur la manchette d'Alistair. Quand je lève brusquement la tête pour le regarder, il hoche la tête.

Mikhail est mort. Les Kuznetsov sont finis.

Tu sais que tu es la femme d'un chef de la mafia quand ton cadeau de mariage préféré est la mort d'une autre famille.

Je le serre dans mes bras, les yeux fermés, mon souffle sur son cou, communiquant avec mon corps qu'il a rendu ce jour parfait.

Il me serre à son tour et murmure : — Nous avons retrouvé Emma. Elle va bien.

Ma réaction est viscérale. Alistair a non seulement éliminé la menace qui pesait sur notre famille, mais il a aussi sauvé la sœur du Dr Sandringham, parce que j'avais promis que nous le ferions.

On pourrait penser qu'un mariage ne pourrait pas être meilleur que ça, mais quand vient le moment d'échanger les alliances, Alistair siffle, et qui descend l'allée si ce n'est Brumilde, tenant un Alex tout excité dans le plus petit smoking que vous ayez jamais vu.

Quand je lui souris, il me tend les bras, et je le prends, même si nous sommes en plein milieu de la cérémonie. Il pointe du doigt Brumilde et dit « Milla ! », ce qui fait fondre son visage en larmes de joie.

À ses pieds sont assis Princesse Bijou et le beau Reacher, avec des boîtes à alliances attachées à leurs tout nouveaux colliers de mariage. Bijou est sur le point de me sauter dessus, mais Alistair est ferme avec elle tandis qu'il récupère les alliances, et nous les passons aux doigts l'un de l'autre.

Après avoir prononcé nos vœux, Alistair remarque la broche que je porte et me regarde comme s'il voulait me dévorer. Je lui fais un clin d'œil et souris. J'ai hâte.

C'est alors que je sens l'abandon dont parlait Isobel — une soumission totale. J'accepte l'amour, le chagrin, le désir, même le danger. Je me laisse fondre dans ce moment, cette joie pure et absolue, et c'est tout.

La Lune de Miel

ÉPILOGUE

IVY

Notre lune de miel a commencé sous de bons auspices lorsque Christopher a insisté pour organiser une réunion de famille sur Zoom, et qu'Alistair l'a envoyé promener.

> **Christopher Ravenscroft**
> Frangin, tu vas vouloir entendre ça.

Nous venions juste d'entrer dans notre incroyable chambre d'hôtel et nous étions prêts à baptiser la terrasse, le jacuzzi et le salon. Mais après avoir lu le message de Christopher à Alistair, nous savions que nous devions d'abord rejoindre l'appel.

Ils nous attendaient tous quand nous nous sommes connectés : Isobel et Gregory sur un écran, Ari et Harry sur un autre, Brumilde et Alex sur le leur, et Christopher sur le sien.

Je fais un signe à Alex et des grimaces rigolotes. Il me récompense avec son adorable sourire édenté.

— Salut, bande de dépravés ! crie Christopher. Sacré beau mariage, c'était !

— Tout le mérite revient à Isobel, je réponds, le cœur encore ému par notre conversation avant la cérémonie et ce qu'elle signifiait pour l'avenir de la famille.

Elle m'adresse un doux sourire. — Ce fut un plaisir absolu et un privilège, répond-elle.

Christopher utilise un stylo pour tapoter son verre, réclamant notre attention. — Fermez vos clapets, la famille. Je suis sûr que les tourtereaux veulent que ça reste court.

— Comme c'est inhabituellement prévenant de ta part, commente Alistair.

Christopher ignore la pique d'Alistair. — J'ai une annonce à faire. Veuillez retenir vos applaudissements jusqu'à ce que j'aie fini de parler.

Tout le monde se redresse sur sa chaise pour entendre la nouvelle.

Alistair gémit. — Qu'as-tu encore fait ?

— Vous savez, ce petit smoking qu'Alex portait au mariage ? Eh bien, il ferait mieux de s'habituer à le porter plus souvent.

Nous fronçons tous les sourcils. Il nous a vraiment fait rejoindre l'appel pour ces bêtises ?

Chris s'éclaircit la gorge. — Parce que je suis ravi de vous annoncer que... — il pointe son écran, probablement vers le visage d'Alex, souriant comme un dément — ce petit gars possède maintenant un fonds fiduciaire plus important que toute la fortune des Ravenscroft !

Il y a un long moment de silence, que je finis par rompre. — Pardon, quoi ?

— J'espérais une salve d'applaudissements, dit Christopher, ou au moins une petite caresse dans le dos.

— Chris, dit Alistair. Qu'est-ce que tu veux dire ?

— Je veux dire que mon expertise crypto, superbe et largement sous-estimée, a rapporté gros à ce petit bonhomme.

— Je suis perdue, dit Isobel, et nous hochons tous la tête par sympathie, sauf Alistair et Ari.

— Comment ? demande Ari. Comment tu l'as obtenu ?

— Alistair a réussi à chiper le putain de *registre* du Baron, voilà comment.

— Bon sang, marmonne Alistair. Il semble pâle.

— Toujours perdu, dit Gregory, mais il a l'air plutôt joyeux.

Puis je comprends. — Tu as récupéré la fortune familiale des Kuznetsov, je murmure. En cryptomonnaie.

— Bingo ! crie-t-il, en avalant une gorgée, qui n'est sûrement pas sa première. Ce sac qu'Alistair a trouvé sur le yacht contenait tout ce dont nous avions besoin. Enfin, presque tout. Nous avions encore besoin de Brodie pour décrypter la phrase de récupération, mais il est doué pour ce genre de chose. Pour quelqu'un sans poils au visage, il s'y connaît en blockchain.

Isobel se tourne vers son mari. — Il semblerait que bébé Alex ait maintenant une valeur nette supérieure à la nôtre.

— Ha ! s'exclame Gregory. Voyez-vous ça. Bien joué, petit bonhomme !

— Merci, papa, dit Christopher, et nous éclatons tous de rire.

Après avoir terminé l'appel, Alistair me regarde comme s'il allait me dévorer, et je suis plus que prête.

ALISTAIR

C'est le troisième jour de notre lune de miel, et Ivy et moi nous sommes tellement habitués au mode vacances que je ne suis pas sûr que nous retournerons un jour au travail. Au départ, mon idée pour notre lune de miel était de garder Ivy pour moi seul, ce qui est toujours mon désir par défaut. Mais je savais qu'elle était avide de nouvelles expériences, alors dans un éclair de génie, j'ai trouvé ceci : une fête libertine comme nulle autre.

L'Espagne, le soleil, les plages chaudes, tenue vestimentaire optionnelle. Pour être honnête, l'ami qui m'a parlé de ce complexe exclusif a mentionné que les vêtements étaient optionnels, mais nous n'avons vu aucun bout de tissu nulle part, sauf dans les différents restaurants. Les orgies semblent aussi « optionnelles » que les vêtements, se produisant partout et à toute heure de la journée. Nous n'avons pas encore participé à l'une d'elles car ma nature possessive ne me le permet pas, mais voir de la peau nue et du plaisir partout, tout le temps, est une chose merveilleuse. Il y a aussi un coach de tantra ici, que j'ai réservé pour nous.

Ivy est étalée sur une chaise longue, lisant un livre pendant que je lui étale de la crème solaire sur le dos, quand une belle jeune femme court vers nous en souriant. Ses seins sont magnifiques – fermes et bronzés, et son sourire est typiquement américain.

— Salut, rayonne-t-elle, et Ivy se redresse sur ses coudes, abandonnant son livre. Je remarque qu'elle utilise l'enveloppe d'argent que je lui ai donnée hier soir comme marque-page.

— Salut, répond Ivy en souriant.

— Je suis Madison.

Oui, définitivement américaine.

Ivy nous présente. — Enchantée de te rencontrer.

—Je voulais juste vous inviter... Je ne sais pas si vous êtes libres plus tard, mais vous êtes les bienvenus à nous rejoindre après le dîner. Elle fait un geste vers le groupe derrière elle, et ils nous font signe. —Nous sommes au *Palacio*. Il y a un bar à cocktails incroyable et une piscine à jets. Pas de pression ; vous verrez comment vous vous sentez plus tard. Ou vous pouvez nous rejoindre pour le dîner au Bocado Bar et faire notre connaissance, si vous voulez.

—Ça a l'air super, dit Ivy. —Merci ! On vous y retrouvera.

Les yeux de Madison s'illuminent. —Oh, c'est génial ! Je suis vraiment excitée. Eux aussi, dit-elle en pointant son pouce vers son groupe. —On voulait vous demander depuis votre arrivée.

—Tu as tiré la courte paille ? je demande.

Madison rit. —Ouais. Quelque chose comme ça. Mais tu sais, dit-elle en parcourant Ivy puis moi du regard. —La courte paille a le premier choix. Elle rit à nouveau et retourne en courant vers son équipe, qui l'acclame.

—Elle a l'air sympa, dit Ivy.

—Ils semblent un peu... jeunes et enthousiastes pour nous, tu ne trouves pas ?

—Parle pour toi, vieil homme. Moi, je suis jeune. Je suis enthousiaste.

—Ça, tu l'es, je grogne, reprenant avec plaisir le massage de ses fesses bronzées.

Ivy me regarde par-dessus ses lunettes de soleil. —On y va ?

Argh.

—On n'est obligés de rien faire. On peut simplement discuter pendant le dîner et voir s'il y a une alchimie.

Je soupire et me gratte la tête. —Oui, je réponds, même si ça me fait mal. —Je pense qu'on devrait y aller.

Je ne supporte pas l'idée qu'un autre homme touche Ivy.

Mais.

Elle mérite d'explorer pleinement sa sexualité, sans mes complexes. Elle mérite tout le plaisir et l'aventure qu'elle désire. Au fond, je sais que notre connexion est solide comme un roc. Elle reviendra toujours vers moi.

Les yeux d'Ivy s'enflamment d'excitation. Son souffle se coupe. —Tu es sérieux ?

—Sérieux comme une crise cardiaque, je dis. *Je pourrais bien en faire une, d'ailleurs.*

—Oh mon dieu, Alistair, murmure-t-elle. —Je suis tellement excitée !

Ma queue semble être d'accord. Je continue de la pétrir, écartant ses fesses pour révéler sa chatte. —Ta chatte a l'air si jolie en ce moment.

—Alors... qu'est-ce que tu attends ?

—Ils nous regardent tous encore, je dis.

—Et on attend... pourquoi ?

Je ricane. Comme la situation s'est retournée. —Je vois que j'ai créé un monstre.

—Oh, j'ai toujours été un monstre, dit-elle, soupirant alors que je glisse mes doigts en elle. —Tu m'as juste libérée de ma cage.

Putain, sa chatte est si serrée et juteuse. Je regarde mes doigts qui entrent et sortent, et ma queue se gonfle. Je regarde la chaîne en argent autour de son cou – la croix de Mikhail. Peau bronzée, lunettes de soleil, assumant sa féminité, et portant la croix de l'homme que j'ai tué pour elle – pour notre famille.

—Tu as vraiment des vibrations de femme de mafieux, je dis.

—Ha ! elle rit. —Tu as dit *vibrations*. Pas mal pour un vieil homme. Je pense que tu t'intégreras bien dans cette bande après tout.

Je la surprends avec ma queue, la poussant directement en elle. Elle halète et s'agrippe au transat.

—Ah, gémit-elle. —Tu n'as aucune idée à quel point c'est bon.

Je pense que j'en ai une idée, parce que baiser Ivy est la raison pour laquelle j'ai été mis sur cette terre.

—Putain ! Alistair. Je suis déjà proche.

—Tu ne peux pas l'être, je dis.

—Je n'y peux rien. Je suis tellement excitée pour ce soir.

Je m'enfonce dur en elle, et elle crie. Les jeunes sont tous yeux. Madison est assise avec sa main sur sa chatte pendant qu'elle nous regarde, et une autre fille s'approche et commence à l'embrasser. J'accélère mon rythme, et les gémissements d'Ivy montent dans les aigus.

—Tu veux baiser Madison ? demande-t-elle.

—Oui, je réponds. —Et toi ?

—Oui.

—Je veux te regarder la baiser, je dis.

—Je veux que tu nous regardes ensemble, dit Ivy. —Et ensuite je veux te regarder. Je veux voir ta magnifique queue glisser dans sa petite chatte serrée.

Ma queue se tend encore. Jésus Christ. Cette *femme de mafieux* sera ma mort.

—Ils nous regardent tous, je lui dis. —Madison est en train de jouir. Je crois qu'elle t'aime bien. Je pousse ma queue fortement. —Je vais te baiser si bien que tu ne voudras même pas regarder un autre homme.

Elle halète. —C'est une... stratégie solide.

Je caresse son clitoris pendant que je plonge en elle, encore et encore. —Dis-moi. Dis-moi ce que tu vas faire à Madison ce soir.

Essoufflée. —Je vais... glisser ma langue dans sa chatte, gémit Ivy.

Ses muscles frémissent, et je sais qu'elle est proche. —Quoi d'autre ?

—Je vais la baiser avec ma langue, puis avec mes doigts, et

je vais embrasser sa bouche pendant que je la fais jouir si fort qu'elle en oubliera qui elle est.

—Bonne fille, je dis. —Tu es prête ?

—Je suis toujours prête pour toi, Alistair. Toujours et à jamais.

Toujours et à jamais.

Je baise Ivy si profondément qu'elle est immédiatement et complètement prise par un orgasme massif. Je la maintiens tandis qu'elle tremble, la baisant encore plus fort et plus profond jusqu'à ce qu'elle hurle d'extase. Elle prend tout ce que j'ai à lui donner tandis que je la pilonne dans son intense climax.

—*Putain, Alistair ! Putain putain putain !*

Elle jouit sur toute ma queue jusqu'à ce que je me perde, et alors nous crions ensemble, nos convulsions devenant un énorme orgasme mutuel. Nous atteignons le sommet ensemble, appelant le nom l'un de l'autre, jurant, gémissant, jusqu'à ce que l'étreinte féroce du climax nous libère enfin, et que nos muscles puissent finalement se détendre.

Épuisé, je m'effondre sur le transat à côté d'elle. —Hé, je murmure. —Tu es vivante ?

—Je ne crois pas, murmure-t-elle en retour.

—On va nager ? je demande.

—Je ne peux pas marcher. Tu m'as tuée, tu te souviens ?

Je ris et me lève, mes propres jambes tremblantes. Je bois une gorgée d'eau, puis soulève Ivy, et elle pousse un cri alors que je l'emporte dans l'océan. J'entre dans l'eau avec ma femme dans mes bras. La croix argentée et bleue sur sa poitrine scintille dans la lumière du soleil. Ivy rit et s'accroche à moi, et quand je regarde dans ses yeux, je ne vois que de l'adoration. C'est le moment le plus heureux de ma vie, et je jure de faire tout ce qui est en mon pouvoir pour la protéger, prendre soin d'elle, et la rendre aussi heureuse qu'elle me rend. Nous explorerons, vivrons des aventures et ferons tout ce qu'elle voudra faire.

J'embrasse Ivy longuement et profondément, savourant la plénitude de ses lèvres et le goût du sel marin. La foule derrière nous hue et applaudit, et nous nous séparons, riant et plongeant ensemble dans l'eau.

Chère lectrice

TL;DR ? - Faites défiler jusqu'au **P.S.**

Chère lectrice,

Quand j'ai commencé à écrire cette série, je la considérais comme un projet secondaire amusant pour explorer un peu de piquant et peut-être gagner un peu d'argent supplémentaire. Je pensais écrire trois livres sous ce nom de plume, ne pas le prendre trop au sérieux, puis revenir à mes genres habituels plus socialement acceptables (fantasy urbaine et nouvelles de suspense psychologique).

Ce que je n'avais pas prévu, c'était d'apprécier autant la compagnie d'Ivy et d'Alistair que la série s'est rapidement étendue à six livres. Ce que je n'avais vraiment pas anticipé, c'est qu'elle aurait un impact significatif sur ma vie.

Alors, comment une histoire amusante à écrire, apparemment superficielle et super coquine, a-t-elle changé ma vie ?

Pour commencer, la recherche impliquée – principalement écouter des podcasts en préparant le dîner et espérer que le Bluetooth ne bascule pas de mes écouteurs vers le haut-parleur quand les enfants étaient dans les parages – m'a appris bien plus que ce que j'avais prévu.

Je pensais en savoir beaucoup sur le sexe. Je croyais tout connaître ou presque. Je veux dire, c'est assez simple, non ? J'étais cette amie à l'école à qui l'on posait les questions qu'on n'osait pas poser à sa mère.

Alerte spoiler : je ne savais rien.

Je maîtrisais peut-être les bases, mais WOW, il existe tout un monde de fantasmes, de kinks et de fétichismes dont je n'avais aucune idée. Le mapping vulvaire ! Les sexologues somatiques ! Les câlins collectifs ! Le nuru !

Et les jeux de sensations qui n'ont rien à voir avec vos zones érogènes traditionnellement étiquetées mais qui font prendre vie à tout votre corps d'une façon que vous ne soupçonnerez pas avant d'avoir essayé.

Il s'agit d'éveiller votre corps de façons que vous n'auriez jamais crues possibles et, ce faisant, de vous éveiller dans votre vie. Quitter la roue du hamster pour faire de la pole dance de temps en temps, parce que Dieu sait que cette roue de hamster à laquelle vous vous accrochez a une date d'expiration probablement plus proche que vous ne le pensez.

Non seulement être Blair Butler m'a incitée à explorer davantage dans ma propre vie, mais cela m'a aussi rendue plus audacieuse.

Quiconque me connaît trouvera cela difficile à croire, mais M. Butler le confirmera :

J'en étais à environ trois livres dans l'écriture de BAD quand nous avons assisté à un dîner chez un ami proche. Il y avait trois couples, dont l'un que nous venions de rencontrer ce soir-là. Nous nous sommes tous bien entendus, et mon ami Justin a mentionné mes nouveaux livres et a suggéré que je fasse une lecture.

Tout d'abord, je ne fais jamais de lectures.

Deuxièmement, je connaissais à peine ces pauvres personnes sans méfiance.

Troisièmement, j'étais sûre que mon mari pourrait littéralement s'effondrer et mourir d'embarras si je lisais un chapitre.

Mais après quelques verres, assise dehors autour d'un beau feu, avec tous les enfants endormis, je me suis sentie encouragée par Justin, l'alcool et l'ambiance détendue, alors j'ai accepté – au grand étonnement (et horreur ?) de M. Butler.

J'ai lu la scène détaillant la première fois d'Ivy dans l'avion privé d'Alistair, avec Ivy habillée en personnel de cabine sur la table blanche pivotante. J'ai prononcé des mots comme « chatte » et « bite » à voix haute comme s'il s'agissait d'une conversation ordinaire au dîner, comme si la lecture était amusante et Pas Grand-Chose. Tout le monde a apprécié – ou a fait semblant – et ça m'a fait tellement de bien !

Après coup, je me suis demandé pourquoi il avait été facile pour moi de réaliser ce tour de passe-passe sexy. C'était tellement hors de mon caractère – et c'est seulement à ce moment-là que j'ai réalisé que les livres m'avaient changée.

Être Blair Butler m'avait transformée.

Après six livres, le changement est encore plus évident. Je suis plus audacieuse et plus autonome. Je gagne plus d'argent parce que Blair m'a aidée à surmonter des blocages financiers dont je n'avais même pas conscience (l'argent est mauvais ; les milliardaires sont les pires ; l'argent corrompt ; une bonne personne ne peut pas amasser de richesse ; l'argent est pour les Autres ; la richesse est pour les « adultes » qui savent gérer leur vie ; seules les personnes égoïstes s'enrichissent parce qu'elles gardent tout pour elles-mêmes au lieu de partager... vous voyez l'idée).

En plus des podcasts sur le sexe, j'ai commencé à écouter des podcasts sur le féminisme financier, la richesse féminine et l'émancipation, les mentalités d'abondance et la manifestation de la vie de vos rêves.

Maintenant, j'ai toujours cru que vous pouvez, dans une certaine mesure, manifester votre meilleure vie parce que pour moi, la manifestation consiste simplement à être clair sur ce que vous voulez, puis à le poursuivre avec tout ce que vous avez.

Je ne dis pas qu'il suffit de passer une heure à créer un tableau d'inspiration sur Pinterest puis de s'asseoir et d'attendre que ça se passe. Je parle d'une clarté absolue sur ce que votre moi authentique désire — probablement pas un sac à main de designer, mais qui suis-je pour juger ? — puis d'avoir le courage de faire ce qu'il faut pour y parvenir.

Dans mon cas, j'écrivais et publiais depuis dix ans avec seulement un succès modeste, mais lorsque j'ai commencé à changer mon état d'esprit concernant l'argent, j'ai débloqué un nouveau niveau dans ma carrière que je n'avais jamais anticipé.

Pour être claire, les livres BAD n'ont pas été le catalyseur qui m'a élevée à un autre niveau. Ce sont en fait mes livres de fantasy urbaine qui ont décollé parce que j'ai finalement cru que je pouvais gagner l'argent que je méritais. Il avait toujours été là pour moi, mais je n'avais jamais cru que c'était possible.

Les livres de Blair Butler se vendent bien aussi commercialement, mais ce que j'aime vraiment, c'est qu'ils ont un impact similaire sur les lecteurs. Recevoir ce genre d'emails est l'une des meilleures parties de mon travail.

De plus, la femme qui a assisté à la lecture improvisée autour du feu m'a dit lors d'une fête ultérieure qu'elle avait lu tous les livres BAD et que cela lui avait ouvert tout un nouveau monde d'exploration sexuelle. J'étais ravie — c'était le meilleur cadeau de Nouvel An que j'aie jamais reçu — et maintenant nous ne sommes plus des étrangères.

Vous ne devriez pas prendre ces livres trop au sérieux, car ce ne sont pas des livres sérieux. Mais parfois, ce que vous avez besoin d'entendre se trouve dans le divertissement. Ça a été le cas pour moi, et j'espère vraiment que ce sera pareil pour vous.

Après avoir lu cette série, j'espère que vous vous sentirez plus autonome dans tous les aspects de votre vie, même s'il ne s'agit que d'un léger coup de pouce à votre confiance, car même la plus petite progression peut créer un effet papillon et se répercuter sur les parties les plus importantes de votre vie.

Je vous souhaite beaucoup d'amour, de chance, de bonheur, d'excellentes relations sexuelles, des orgasmes complets, de la découverte de soi, un compte en banque bien garni et, par-dessus tout, je vous souhaite votre meilleure vie.

Merci de m'avoir accompagnée dans cette exploration de tout ce qui est « bad ».

Blair Butler

PS. Après avoir terminé ce livre (supposément le sixième d'une série de six), j'ai réalisé qu'il y a encore TELLEMENT PLUS à explorer avec Ivy et Alistair. Ils ont encore beaucoup à découvrir — tout comme moi.

J'aimerais continuer à écrire et à explorer avec eux, et si vous souhaitez lire la suite, voici le lien vers la page de précommande du livre 7 (!)

>>> **Bound to be Bad (précommande)** <<<

J'espère vous voir de l'autre côté. X

PPS. Voici la recette du poulet « Épouse-moi » si vous voulez l'essayer !

Recette du poulet « Épouse-moi » de Brumilde

Adaptée du *New York Times*

- 50 g de farine ordinaire
- 8 hauts de cuisse de poulet désossés et sans peau (ou similaire)
- 125 g de tomates séchées, égouttées et grossièrement hachées (conserver toute l'huile)
- 1 oignon rouge, finement haché
- 6 gousses d'ail, écrasées (*la recette originale en demande 3*)

- 0 - ½ c. à café de flocons de piment (selon le goût)
- Beaucoup de thym ou d'origan, feuilles détachées
  (ou 1 c. à café d'herbes séchées mélangées)
- Un paquet de haricots verts, coupés en trois
- 250 ml de crème épaisse
- 250 ml de bouillon de poulet
- 35 g de parmesan râpé
- Beaucoup de feuilles de basilic frais déchirées, pour
  servir
- Quartiers de citron, pour servir (facultatif)

Méthode

Étape 1

Placez la farine sur une assiette et assaisonnez généreuse-
ment de sel et de poivre noir fraîchement moulu. Enrobez le
poulet de farine.

Étape 2

Faites chauffer la moitié de l'huile des tomates séchées dans
une grande poêle avec couvercle ou un wok à feu moyen. Faites
frire le poulet pendant 8-10 minutes jusqu'à ce qu'il soit doré de
tous les côtés, mais pas cuit à cœur. Vous devrez peut-être cuire
par lots et ajouter plus d'huile dans la poêle. Réservez le poulet
sur une assiette.

Étape 3

Versez le reste de l'huile des tomates séchées dans la poêle
et réduisez le feu à moyen-doux. Faites revenir l'oignon
pendant 8-10 minutes jusqu'à ce qu'il soit ramolli mais pas
doré. Incorporez l'ail et cuisez pendant une minute supplémentaire avant d'ajouter les tomates séchées, le piment et les
herbes, en mélangeant bien.

Étape 4

Ajoutez les haricots verts et remettez le poulet dans la
poêle, puis versez la crème et le bouillon de poulet. Assai-

sonnez bien. Couvrez et cuisez à feu moyen-doux pendant environ 20 minutes, en retournant le poulet à mi-cuisson, jusqu'à ce qu'il soit bien cuit et que la sauce ait légèrement épaissi. Incorporez le parmesan, puis servez garni de feuilles de basilic avec des quartiers de citron sur le côté. Brumilde aime servir ce plat avec du riz au jasmin et du poivre noir concassé.

Je parie que vous ne pensiez pas obtenir l'une des meilleures recettes de votre vie dans un roman d'amour torride ! J'espère que vous l'apprécierez.

X

Livre 7 !

Nous. y. voilà.

Blair Butler est le nom de plume romance torride de l'auteure All-Star de Kindle Unlimited et auteure à succès USA Today, JT Lawrence.

Pour être informé des nouvelles publications, suivez-la sur Substack, son site web ou sa page d'auteur sur Amazon :

https://blairbutler.substack.com/
www.jt-lawrence.com
https://shorturl.at/jRXGz